나보다 널 더 사랑해

나보다 널 더 사랑해

사람을
치유하는
반려동물
이야기

발터 뫼비우스,
아름가르트 베란 지음

양삼승 옮김

불광출판사

차례

서문

동물은 우리 인간의 몸과 마음에 좋은 영향을 미칩니다. 동물은 사람을 보호하고 지켜주는 버팀목이 되기도 하고 치료에 도움을 주기도 합니다. 이러한 일들은 결코 새삼스러운 것이 아니며 주변의 누군가는 항상 경험합니다. 예전부터 이야기와 동화 속에서, 인간과 동물 사이의 이러한 관계는 언제나 좋은 소재가 되어왔습니다.

이미 18세기에 영국의 수도사들은 영혼이 병든 사람을 치료할 때 기도에만 의지하지 않고 동물을 활용했습니다. 정신분석학의 창시자인 지그문트 프로이트 역시 동물에 기반을 둔 치료법을 시행했습니다. 그의 차우차우 강아지와 함께 있으면 프로이트의 어린 환자들은 쉽게 마음을 열었습니다.

배려와 돌봄은 인간의 기본적 욕구입니다. 우리는 사랑받기를 원하며, 또한 우리가 사랑해줄 수 있는 생명체와 함께하기를 원합니다. 인간관계와 마찬가지로 동물과도 친밀한 관계를 만들어갈 수 있으며, 때로는 오히려 동물과 훨씬 쉽게 관계가 형성될 수도 있습니다. 동물들과는 성과를 내야 한다는 심리적 압박이나 사랑을 잃을 수 있다는 걱정으로부터 자유롭기 때문입니다.

힘든 환경에서도 동물은 우리에게 따뜻함을 줄 수 있습니다. 코로나19 감염병으로 힘들던 상황에서도 많은 사람이 반려동물로부터 위안을 받았고, 동물과 함께 극복해냈습니다.

학문적 연구에 의하면 동물은 인간의 영혼을 달래주며 정신의학적으로 광범위한 치료 효과를 낸다고 합니다. 동물은 정신적, 육체적으로 우리를 돕고 있습니다. 동물은 사람들의 하루 일과를 보살펴주고, 외로움에 젖지 않도록 도와주며, 소원해진 인간관계를 보완해줍니다. 또한 우울감으로부터 우리를 지켜주며, 심지어 우리의 '생명'을 구해주기도 합니다.

　개나 고양이를 키우는 분들은 병원에 가는 횟수가 적으며, 가깝게 지내던 사람을 잃을 경우 더 빨리 어려움을 이겨냅니다. 동물은 우리에게 다른 생명체를 위한 책임감과 배려심을 가르쳐줍니다. 그리고 우리의 정신 영역을 확장해 공동체의 가치를 갖도록 해줍니다. 우리가 그들을 사랑스럽게 대할 때 그들은 따뜻한 '우정'을 선물하며, 이를 통해 서로에게 '안정감'을 선물합니다.

　동물은 우리의 사회적 신분과 지위에 대해서 무감하며, 부유하든 가난하든, 정신적으로나 육체적으로 어떠한 불편함이 있든 그 무엇도 우리에게 묻지 않습니다. 그들에게는 모든 것이 동일하며, 마치 아무것도 상관없는 것처럼 그냥 그 자리에 늘 있습니다. 그리고 우리가 그들에게 호의를 베풀며 돌봐주면 무한히 감사해합니다.

　주변을 살펴보면 동물과의 접촉이 병든 사람이나 고독한 사람, 어린이는 물론 어른에게조차 얼마나 긍정적인 효과를 전하는지 쉽게 알 수 있습니다. 인간들이 동물과의 관계에서 정신적, 육체적으로 받는 혜택을 알게 되면 놀라지 않을 수 없습니다.

　의학과 교육학 분야에서 오랜 기간 일해온 저자들은 직접 경험했거나 주변에서 일어난 인간과 동물들이 교감하는 사례들을 모았습니다. 이야기의 주인공은 육체적, 혹은 정신적 질환을 앓고 있는 치매 환자나 자폐 스펙트럼 장애 어린이가 되기도 하고, 인간을 돕거나 생명을 구해주는 동물이 되기도 합니다. 쉽게 접하는 개와 고양이뿐 아니라 달팽이, 돼지, 낙타 등 그야말로 다양한 동물들과의 우정을 통해 행복의 길을 찾아낸 사례들이 비슷한 질병으로 고생하는 분들에게 따뜻한 희망의 빛이 되길 바랍니다.

마그누스와 라라

서로의 상처를 보듬은
발달장애 소년과 유기견 불도그

"개는 우리가 인생에서
가장 가치 있는 것들을
깨닫게 해줍니다.
무조건적인 사랑, 충실함
그리고 믿음이 그것입니다."

마크 트웨인 Mark Twain

정형외과 의사 에버트 박사는 나의 환자였다. 박사는 어린 시절부터 심장질환을 앓아 정기적으로 진료를 받아왔다. 재혼한 부인과 사이에 태어난 그의 아들 마그누스는 불행하게도 구순구개열(윗입술이나 입천장이 선천적으로 갈라져 있는 질환)을 가지고 있었다. 수술을 거쳐 호흡과 식사에는 문제가 없었지만 입과 코에 변형된 모습이 남아 있었다.

그뿐만이 아니었다. 아이가 성장하면서 부모는 아들 마그누스에게 발달장애가 있다는 것을 알게 되었다. 마그누스는 기어다니지 않았고, 걷고 말하기도 늦었으며, 발음에 비음이 섞여 있었다. 하지만 마그누스는 잘 커갔고, 짙은 금발에 크고 푸른 눈을 지녔다. 입과 코에 변형만 없었으면 아주 멋진 미소년이었을 것이다.

어린 시절 마그누스는 자신에게 뭔가 잘못된 점이 있다는 것을 알고 힘들어했다. 어른들은 동정의 눈길로 바라보았고, 놀이터에서 아이들은 함께 놀려 하지 않았다. 자신이 소외된다고 느낀 마그누스는 놀이터에 가는 것을 거부했다. 그리고 일곱 살 6개월이 돼서야 초등학교에 입학했다.━

에버트 부부는 학부모들이 선호하는 엘리트 초등학교를 선택했다. 한 학급의 18명 아이들 모두가 부유한 가정 출신이었고, 마그누스의 부모는 아들이 반 친구들과 좋은 관계를 맺길 원했다. 다행히 마그누스의 외모와 말투는 관대하게 받아들여졌으며, 공개적인 조롱이나 따돌림을 경험하지는 않았다. 그러나 마그누스는 단 한 명의 친구도 사귀지 못했다.

━ (역자 주) 독일의 학교법에 따른 취학 연령은 만 6세이다.

입학 초 마그누스의 부모는 수영장과 놀이터가 있는 집 정원에서 어린이 잔치를 열어 친구들을 정기적으로 초대했다. 그러나 그중 어떤 아이도 답례로 마그누스를 초대해주지 않았고, 결국 마그누스는 부모가 열어주는 파티를 거부하게 되었다.

마그누스는 거대한 기사의 성, 범선 함대, 전기 자동차 등 많은 장난감을 가지고 있었다. 하지만 늘 혼자였고, 방에서 홀로 어린이용 카세트를 들으며 시간을 보냈다. 마그누스는 잘 먹지도 않았고 부모와 대화도 하지 않았다. 그나마 가장 따르고 좋아했던 누나가 공부를 위해 외국으로 떠나자 완전히 외톨이가 되고 말았다.

소규모 학급, 세심하게 보살펴주는 선생님 같은 좋은 조건에도 마그누스는 학업을 계속하기 어려웠다. 1학년이 끝날 무렵 마그누스의 학업 부진이 심각해 2학년으로 진급하기 힘들다는 통보를 받았다. 학교에서는 마그누스를 학습 지체아들을 위한 특수학교에 보낼 것을 권했다. 부모는 마음이 아팠지만 결국 마그누스를 전학 보낼 수밖에 없었다. 특수학교에서 마그누스는 가장 크거나 가장 나이 많은 학생은 아니었으며 학습 수준도 그에게 적절했고, 특히 산수는 다른 학생들보다 월등히 우수했다. 그럼에도 마그누스의 고난은 더 심해졌다. 동료 학생들은 그를 조롱하고, 쓰레기를 던지며 유령이라고 놀려댔다. 선생님과 학교는 속수무책이었다.

마그누스의 아버지는 아침마다 그를 고급 벤츠 차에 태워 등교시켰고, 어머니는 오후에 포르셰 차로 하교시켰다. 마그누스가 입고 있는 값비싼 옷들은 집안이 부유하다는 것을 명백하게 드러냈고, 그러한 것들은 다른 학생들에게 거부감을 갖게 했다. 특수학교 학생들 대부분은 사회적으로 취약한 가정 출신이었다.

몇 달 후 상담차 학교를 방문한 에버트 부부는 그간 몇 가지 불미스러운 일들이 일어났고, 이 학교가 마그누스에게 적절한 곳이 아닌 것 같다는 얘기를 들었다. 이 학교에서도 적응하지 못하고 학업을 중단해야 한다면 마그누스는 어떻게 해야 할 것인가? 에버트 박사는 나를 찾아와 어찌할 바를 모르겠다고 하소연했다.

　　나는 친분이 있는 유명한 아동 정신과 의사의 자문을 받도록 추천해주었다. 그 후 한참 동안 나는 에버트 박사로부터 별다른 소식을 듣지 못했다. 그러다 1년 만에 그가 우리 병원에 진료차 왔을 때, 행복하고 느긋해 보이는 그를 만날 수 있었다. 그동안 무슨 일이 있었던 것일까?

　　마그누스의 부모는, 첫 번째 조치로 가정교사를 고용했다. 그때부터 마그누스는 그에게 적절한 속도와 내용으로 학습을 진행할 수 있게 되었다. 하지만 아쉽게도 홈 스쿨링으로는 또래 친구들과 어울리는 사회적 접촉을 할 수 없었다. 아동 정신과 의사는 반려동물을 키워보도록 권했고, 에버트 부부는 마그누스에게 강아지를 선물하기로 결정했다.

　　에버트 부부는 귀여운 소형견 몰티즈 혹은 아이들과 친하게 지내며 가족 전체의 강아지도 될 수 있는 골든리트리버를 생각하고 있었다. 하지만 아홉 살 난 마그누스는 자기 나름의 생각을 가지고 있었다. 마그누스는 텔레비전에서 뮌헨에 있는 개 수용 시설을 본 적이 있었다. 그곳에는 동유럽에서 온 유기견들이 있었다.

　　"나는 그곳에 있는 개를 가질 거야."

　　마그누스는 단호히 얘기했다. 텔레비전에서 사랑스러운 얼굴과 커다랗고 아름다운 눈의 세 살 된 검은 불도그를 보여주었는데, 유난히 슬픈 표정으로 카메라를 보고 있었다는 것이다. 짧은 다리의 이 불쌍한 불도그는 꼬리가 거의 없다시피 했다고 한다.

'아마도 이 개는 좋지 않은 일을 당했을 거야. 그래서 주인에게서 버려진 것이고.' 이렇게 생각한 마그누스는 이 불도그를 데려오든가, 그럴 수 없다면 아예 개를 키우지 않기로 마음을 먹었다.

마그누스의 부모는 '루마니아 출신 유기견'을 집에 들여놓는 것을 상상할 수 없었다. 하지만 결국 마그누스와 함께 뮌헨의 유기견 수용소로 갔다. 서류 작성을 한 후 그들은 커다란 불도그 '라라'와 함께 집으로 돌아왔다. 마그누스와 라라는 처음 만난 순간부터 천생연분이었다.

라라는 짧은 다리에 흔적만 남아 있는 꼬리 외에도 배 아래 쪽에 상처가 있었고, 양쪽 귀에 심한 염증이 있었다. 라라는 여러 차례 동물병원을 방문해야 했고, 마그누스는 정성을 다해 돌봐주었다. 마그누스는 불도그를 다루는 방법에 관한 책들을 읽었고, 병원 방문과 예방접종 일자 등을 수첩에 꼼꼼히 기록했으며, 강아지 키우기 일기를 쓰기 시작했다.

마그누스가 공부하는 시간에 라라는 그의 발밑에 누워 있었다. 라라는 마그누스의 가정교사와도 친하게 지냈고, 마그누스의 학습 진도는 엄청나게 향상되었다.

마그누스는 라라를 애견 학교의 훈련 과정에 등록해 데리고 다녔으며 이곳에서 친구들을 만났다. 다른 견주들과 전문적인 대화를 나누면서 함께 산책을 하기도 했다. 여름방학 기간에 온 가족이 3주 동안 네덜란드의 바닷가로 휴가를 가기도 했는데, 이때 마그누스의 누나와 라라도 함께했음은 물론이다. 마그누스에게는 이 여행이 그 어느 때보다 행복한 시간이었고, 루마니아 출신의 라라 역시 틀림없이 그러했을 것이다. 오랜 세월 고통스러운 방황 끝에 이 가족은 마침내 평온함에 도달했다.

그 후로는 에버트 박사 가족의 소식을 듣지 못했다. 그러던 어느 날 케이크를 사기 위해 베이커리에 들렀는데, 한 부인이 나를 툭툭 건드렸다. "뫼비우스 박사님, 저를 기억하세요?" 마그누스의 어머니였다. 마그누스의 안부를 물으니 그녀는 이렇게 말했다.

"아마도 믿기 힘드실 거예요. 우리 마그누스가 작년에 중등교육 수료 자격시험에 합격했답니다. 그리고 지금은 전문대학 입학시험 공부를 열심히 하고 있어요. 마그누스는 노인 요양 보호사가 되고 싶어 해요."

라라에 대해서도 물었더니, 그 역시 지금도 가족들과 잘 지내고 있고, 마그누스와 라라는 서로 뗄 수 없는 사이가 되어 늘 함께하고 있다고 했다.

마그누스는 그 후 실제로 노인 요양 보호사가 되었다.
뛰어난 공감 능력 덕분에 동료들과 환자들로부터
좋은 평가를 받고 있다고 한다.

마그누스와 라라

코로나 시대의 닭

팬데믹에서 살아남기

"우리가 동물들과의 교감에서 배우는
가장 중요한 것은
이해와 존중입니다."

월트 디즈니 Walt Disney

슐체 가족은 독일 중소 도시의 평범한 주택에 살고 있다. 슐체 부부는 열두 살의 샤를로테, 아홉 살의 요나스 그리고 여덟 살 쌍둥이 알렉스와 니콜라스 네 아이를 두고 있다.

코로나19 감염병은 어린이가 있는 가정에 많은 어려움을 주었는데, 특히 원기 왕성한 아이들이 여럿 있는 슐체 가족의 경우 그 어려움은 더 컸다. 대기업의 팀장인 슐체 씨는 여전히 출퇴근하며 일했지만 작은 회사의 비서인 부인은 재택근무를 하게 되었고, 아이들은 학교가 모두 문을 닫는 바람에 집에서 생활해야 했다.

팬데믹 첫째 주에는 집 안이 어느 정도 조화롭게 흘러가고 있었다. 슐체 씨는 커다란 트램펄린과 잔디밭 살수기(스프링클러)를 사왔고 아이들은 너무 재미있어 했다. 그러나 한 주가 지나자 아이들 중 누구도 트램펄린 위에서 뛰는 데 흥미를 보이지 않았고, 집 안 분위기는 점점 짜증스러워졌다.

슐체 부인은 아침에 아이들을 깨우고 저녁에 잠자리에 들게 하는 일조차 점점 더 힘들어했다. 맏딸 샤를로테는 온종일 휴대폰이나 태블릿 PC만 보고 있었고, 방학이라도 된 듯 학교 공부를 해야 한다는 생각을 조금도 하지 않았다. 나머지 세 사내아이들은 더 말할 것도 없었다. 하루 종일 떠들고 서로 싸우며 집 안을 온통 난장판으로 만들었다. 엄마 아빠는 학교에서 내준 과제들을 제대로 시킬 수가 없었다. 예를 들어, 코로나19 일기를 쓰게 하는 학교 숙제를 네 아이들은 완전히 어리석은 짓으로 여겼다. 매일 똑같이 지내고 있는데 도대체 무엇을 써야 할지 모르겠다는 것이었다.

슐체 부인은 더 이상 참을 수 없을 정도가 되었고, 저녁에 집에 돌아온 남편은 아이들을 호되게 꾸짖는 게 일상이 되었다. 하루하루

가정생활은 파탄이 나고 있었다. 그때 뜻밖의 행운이 나타났다. 슐체 부인이 신문에서 다음과 같은 광고를 읽게 된 것이다.

"뒤셀도르프에 있는 레겐보겐 탁아소에서 여섯 마리의 닭들을 8주 동안 맡아 길러줄 집을 찾습니다. 어린이가 있고, 동물을 사랑하는 가정이어야 합니다. 울타리, 닭장, 사료는 함께 제공됩니다."

슐체 부인은 이 일을 맡으면 아이들이 스스로 책임을 지는 과제를 하게 될 것이라 생각했다. 많은 지원자 중에 슐체 가족이 선정되자 그녀는 기뻐서 어쩔 줄을 몰랐다. 이 일은 아이들이 집에 갇혀 있어야 하는 스트레스를 풀어주는 해결책이 될 수 있을 것이다. 모든 일은 일사천리로 진행되었다.

마침내 여섯 마리의 닭이 관련 용품과 함께 집으로 도착했고, 정원 뒤쪽에 닭장이 설치되었다. 큰아들 요나스는 닭들 중에 위풍당당한 수탉이 없어 아쉽다고 불평했다. 슐체 부인은 이에 대해 수탉은 새벽 5시면 큰 소리로 울기 시작해 이웃들을 불편하게 만들기 때문에 주거 지역에서는 키울 수 없다고 설명해주었다.

아이들은 닭을 돌보기 위한 계획서를 공동으로 만들었고, 그것을 기록하며 학교 과제를 해나가기 시작했다. 각자 한 마리씩 자기의 닭을 골랐고, 나머지 닭은 슐체 부부가 맡았다. 모든 일이 순조롭게 진행되었다. 다만 아이들이 유감스럽게 여긴 것은 닭들의 이름이었다. '리사, 레아, 로테, 루이제, 로라, 리나'라는 이름을 이미 가지고 있었는데, 큰아들 요나스는 이름들이 너무나 멍청해 보인다고 투덜거리며, 자기의 닭만이라도 '루이제'가 아닌 '이사벨라'로 부르고 싶다고 했다. 하지만 닭들이 그들에게 익숙한 이름으로 불려야 한다는 동물 보호소장의 설명에 요나스는 어쩔 수 없이 이를 받아들여야 했다.

닭을 돌보면서 가족들의 하루하루는 감동의 연속이었다. 아이들은 깨우지 않아도 아침 7시에 일어났고, 아침 식사 전에 닭장에서 닭들이 나오게 해 사료와 물을 먹였다. 그러고 나서 아침 식탁에서 함께 밥을 먹고, 이어서 학교 과제를 마무리했다. 하루가 이처럼 진행되자 가정에 화목함이 찾아왔고, 귀찮았던 코로나19 일기 쓰기는 조금도 문제되지 않았다. 샤를로테는 일기를 독일어뿐 아니라 영어로도 함께 써서 영어 선생님의 칭찬을 받았다.

아이들은 인터넷으로 닭에 관한 모든 것을 검색해 필요한 내용들을 메모해놓았다. 막내 쌍둥이들은 닭장을 멋지게 확장했고, 샤를로테는 모래밭을 만들어 닭들이 그곳에서 모래 목욕을 할 수 있게 했다. 요나스는 눈처럼 하얀 그의 닭 루이제를 닭장 밖에 자주 풀어줘 정원을 자유롭게 돌아다니게 했다. 또한 루이제를 훈련시켜 큰 소리로 꼬꼬댁거리며 요나스의 뒤를 쫓아다니게 길들였다. 슐체 부인은 요나스에게 "그렇게 하면 안 돼. 다른 닭들이 질투해서 루이제를 쪼아댈 수 있어"라고 알려주었다.

그러던 어느 날 놀라운 일이 일어났다. 짚단 속에 세 개의 달걀이 놓여 있었던 것이다. 흰색, 갈색 그리고 옅은 녹색의 달걀이었다. 아이들은 기뻐하며 어느 닭이 어떤 색 달걀을 낳았는지 궁금해했다. 아이들이 인터넷에서 찾아낸 답은 달걀의 색이 닭의 색깔과는 관계가 없다는 것이었다. 정확하게는 닭의 귓불 뒷부분이 달걀의 색을 결정짓는다고 한다. 만약 이 부분이 흰색이면 흰색 달걀을 낳을 가능성이 높고, 붉은색이면 갈색 또는 녹색의 달걀을 낳는다고 한다.

닭들은 슐체 가족의 구성원이 되었고, 아이들은 맡은 일을 성실히 행복하게 해냈다. 닭들은 빠르게 성장해 매일 세 개에서 다섯 개의 달걀을 낳았다. 달걀을 어떻게 해야 할지 가족회의를 했는데 막내 쌍둥이들이 기발한 아이디어를 제시했다. 남는 달걀을 친지에게 팔아 판매 대금을 기부하자는 것이었다. 그리고 달걀 요리책을 만들어 팔아 그 수익금 또한 기부하자는 의견을 내놓았다. 이 제안은 가족 모두의 만장일치로 통과되었다. 슐체 가족은 여러 가지 달걀 요리를 만들어 사진을 찍고 레시피를 정리해 기록했다.

달걀 팬케이크

토마토 파프리카 스크램블드에그

수란을 올린 시금치

버섯과 카망베르 치즈 오믈렛

햄 후추 소스를 곁들인 달걀

달걀 식초 절임

달콤한 월귤나무 오믈렛

그 밖에 더 많은 요리

이 같은 구성으로 아주 멋진 요리책이 탄생했다.

8주 후 아이들은 아쉬워하며 닭들을 탁아소로 돌려보내야 했다. 탁아소 소장은 아이들이 언제라도 닭들을 방문할 수 있으며 필요할 경우 다시 닭들을 맡기겠다고 약속했다.

우르멜과 함께한 시간

다운증후군 아이는 어떻게
돼지와 우정을 맺게 되었나

"돼지는 인간의 가장 오래된 친구이다.
그들은 우리의 삶을 풍요롭게 하고,
우리의 슬픔을 위로하고,
우리의 행복을 공유한다."

존 그리샴 John Grisham

다운증후군을 앓고 있는 열일곱 살 소년 페터는 병실에 누워 있고, 옆에는 절망에 빠진 엄마가 눈물을 흘리고 있었다.

"제발, 내 아들을 살려주세요. 도와주세요."

페터의 엄마는 절규하고 있었다. 창백한 얼굴로 힘들게 숨을 헐떡이던 페터는 맥박도 거의 없을 만큼 상태가 위중해져 중환자실로 옮겨졌다.

초음파검사에서 심장 주변에 물이 차는 심낭 압전이 확인되었다. 심낭에 1.5리터가량 물이 차 있어 생명이 위태로운 상황까지 갔던 페터는 응급 수술로 물을 제거한 후 목숨을 구했다. 빠르게 회복한 페터는 배고프다며 먹을 것을 달라고 했다. 중환자실의 간호사 누구나 이 꾸밈없고 사랑스러운 소년을 좋아했다.

"페터는 너무나 쾌활해요", "멋지게 노래를 부르고 쉴 새 없이 재잘대요", "작은 친절에도 손을 잡고 감사해요." "페터가 나아져 곧 일반 병실로 옮겨야 해서 아쉬워요", "이 소년을 우리 병실에 계속 붙잡아둘 수는 없을까요?"

페터가 일반 병실로 옮기도록 결정되었을 때 간호사들 모두가 이렇게 한마디씩 해주었고, 심각했던 병세가 호전된 것을 다 같이 기뻐해주었다.

새로운 병실에서도 페터는 순식간에 간호사들의 마음을 사로잡았다. 갑상선 치료가 행해지자 바로 효과가 나타났고, 페터는 나날이 새로운 모습으로 다시 태어났다. 페터는 이 즈음 이성에 눈을 뜨기 시작한 것 같았다. 때때로 간호사를 껴안거나 살짝 건드리며 개구장이 같은 웃음을 지었다. 다행히 간호사들은 그것을 그렇게 나쁘게 받아들이진 않았지만, 페터의 새롭게 깨어난 '열정'에 주의를 줘

야겠다는 생각으로 귀를 가볍게 잡아당기곤 했다. 그럴 때면 페터는 킥킥 웃으면서 손뼉을 치고는 "선생님, 돼지 권투! 돼지 권투!"라고 말했다. 아이는 무슨 생각으로 그런 말을 했던 것일까? 여기에는 사연이 있었다.

페터의 부모는 둘 다 공무원으로 세 자녀가 있었다. 페터의 엄마는 막내딸이 열다섯 살 되던 늦은 나이에 새롭게 임신했다는 것을 알고 깜짝 놀랐다. 그리고 임신 3개월에 접어들었을 때 산전 검사를 실시하며 더 크게 놀랐는데 불행히도 태아의 심장 이상과 다운증후군을 발견했기 때문이었다. 다운증후군은 21번 염색체가 세 개여서 발생하는 질환이다.

당시 페터 아빠는 이 모든 것을 믿으려 하지 않았고, 그의 얼굴 표정에서 무슨 생각을 하고 있는지 알 수 있었다고 한다. 페터 엄마는 "다른 생각은 조금도 하지 마! 나는 이 아이를 낳을 거야!"라고 단호하게 말했고, 그렇게 페터는 태어나게 되었다.

페터는 신생아 때 신속하게 심장 수술을 했다. 하지만 다운증후군 때문에 성장은 늦었다. 그럼에도 부모와 형제자매들은 늦둥이 막냇동생을 사랑했고, 페터는 가정의 중심이 되었다.

페터는 처음에는 통합 유치원에 다녔고 그 후 특수학교에 입학했다. 학교를 4년 정도 다닌 뒤부터는 간단한 글을 읽고 이해할 수 있었으며, 짧은 문장을 쓸 수 있었다. 숫자도 100까지 셀 수 있었고, 구구단의 초급 단계를 알게 되었다. 과학 수업은 힘들어했지만 음악은 좋아했다. 체육은 참여하지 않고 정신 능력 향상 훈련으로 대체했다. 페터는 반에서 인기가 있었고, 외향적이며 쾌활한 성격으로 수업 분위기를 즐겁게 만들었다.

막내아들이 특수학교에 잘 적응하자 페터의 부모는 여기에 고무되어 그만 실수를 저지르고 말았다. 학교와 상의 없이 과외 교사를 고용해 일주일에 네 차례 주요 과목들을 공부하게 한 것이다. 사전에 담임교사와 상의했더라면 페터의 경우 이미 능력의 한계점에 도달해 있어서 과외 보충수업은 의미가 없고 단지 스트레스만 줄 뿐이라고 설명했을 것이다.

교습이 시작되자 불행한 일들이 일어나기 시작했다. 페터는 과외수업을 받지 않으려 했고, 불시에 공격적인 행동을 하거나 머리로 벽을 들이받으며 괴로워하기도 했다. 또 과외 교사의 자동차 소리를 들으면 숨어버리기 일쑤였다.

페터의 아빠는 엄하게 혼내며 교육을 계속하려 했지만 그럴수록 페터의 반항은 더욱 커질 뿐이었다. 쾌활하던 소년이 인내심 없는 폭력적인 불량 청소년이 돼버린 것이다. 부모는 자신들의 잘못을 깨닫지 못하고 계속해서 무리한 학습으로 막내아들을 힘들게 했다. 첫 번째 과외 교사가 그만두었고, 이어서 두 분의 선생님이 더 왔지만 아무런 성과가 없었다. 페터는 점점 더 공격적으로 변해갔고 급기야 학교에서도 그렇게 되어버렸다.

학교 측이 부모와 진지한 상담을 시작했을 때 페터의 문제는 심각한 상황이었다. 집에서 과외 수업을 중단하고, 학교에서도 학습량을 최소한으로 줄였지만 페터는 계속해서 수업을 거부했고, 늘 어디론가 숨어버렸다.

여름방학이 되자 교장 선생님은 페터의 부모에게 방학 동안 농장에서 가족이 함께 지내보면 어떻겠느냐고 제안했다. 그 농장은 '동물 매개 치료(Animal-Assisted Theraphy)' 분야에서 큰 성과를 거두고 있는 곳이었고, 농장의 고객들은 주로 학교 공포증, 자폐 스펙트럼 장애, 공격성을 지닌 어린이와 청소년들이었다. 교장 선생님은 동물들과의 교감이 페터의 수업 스트레스와 행동 장애를 없애는 데 도움을 줄 것이라고 말했다.

농장에서는 조랑말, 당나귀, 송아지, 거위들과 함께 토종 돼지를 키우고 있었다. 작지만 힘센 희고 검은 색의 돼지들은 개방된 우리, 웅덩이, 풀밭과 작은 숲이 어우러진 '돼지 천국'에서 살고 있었다.

처음에는 그다지 내키지 않았지만 결국 페터의 부모는 방학 동안 농장에서 지내기 위해 온 가족을 위한 숙소를 빌렸다. 그곳에 도착하자 아빠는 아들과 함께 넓은 농장을 둘러보았다. 많은 동물을 보니 페터를 위해 더 이상 좋을 수 없다는 생각이 들었다. 무엇보다도 자그마한 돼지들이 특히 그러했다. 페터는 계속해서 아빠를 돼지 우리로 데리고 갔다. 그곳에서 페터는 돼지들을 쓰다듬었고, 돼지들은 즐거워하며 페터를 쫓아다녔다. 페터는 그중에서도 작은 까만 돼지에 애착을 가졌다. 이 돼지는 다른 돼지들로부터 따돌림을 당해 항상 외진 곳에 홀로 있었다. 페터는 다른 돼지들을 밀어내고 이 작은 돼지 곁에 앉았다. 페터는 돼지를 쓰다듬고 말을 걸면서 '우르멜'이라고 불렀다.

"아빠! 우르멜, 얘가 우르멜이에요!"

페터와 우르멜은 진창 구덩이를 함께 뛰어다니며 즐거워했다. 페터는 우르멜과 떨어지지 않았다. 우르멜도 페터를 보기만 하면 그에게 달려왔다. 그때부터 페터의 자학적인 행동과 공격성은 점차 사라졌다. 페터는 강요된 과외수업을 받기 이전의 밝고 쾌활한 소년으로 돌아오고 있었다.

페터와 우르멜은 거의 온종일 함께 지내며 놀고, 산책하고, 목장 이곳저곳을 뛰어다녔다. 페터는 이 작은 돼지의 꿀꿀, 꽥꽥거리는 소리를 이해하는 것만 같았다. 분명히 두 친구는 서로 대화를 나누고 있는 것처럼 보였다.

며칠이 지나자 우르멜과 페터는 서로 장난을 치기 시작했다. 우르멜이 긴 코로 페터를 부드럽게 찌르면 페터는 손으로 우르멜의 코를 살짝 때리곤 했다. 소년과 작은 돼지가 즐거워하며 서로 가볍게 찌르는 동작은 '돼지 권투'로 불리며 매일 아침 일상적인 의식이 되었다. 처음에는 불안하게 쳐다보던 페터 부모는 페터와 우르멜이 점점 더 친해지는 것을 보고는 안심하며 기뻐했다. 이 과정을 유심히 지켜보던 치료사 또한 페터가 작은 돼지와 유대감을 갖는 것을 보고 매우 긍정적으로 평가했다.

치료사는 "우리 인간이 기쁨과 즐거움, 고통과 슬픔, 나아가 동정심을 느끼는 것과 같이 돼지도 이러한 감정을 느낄 수 있습니다"라고 설명해주었다. 그리고 동물들과 즐거운 놀이, 악의 없는 장난을 통해 연대감을 형성하는 일은 어린이와 청소년들에게 신뢰 관계 구축과 감성적 의사소통의 능력을 키워줄 수 있다고 말했다.

시간은 빠르게 흘러 여름방학이 끝났고 페터와 우르멜은 작별해야 했다.

"가을 방학 때 다시 올게. 약속해"라고 페터는 우르멜의 작고 까만 귓속에 속삭였다. 지켜보는 모두가 우르멜 역시 슬퍼하고 있음을 느낄 수 있었다.

페터는 즐겁게 학교로 돌아갔고, 재활 치료를 받으며 그에게 맞춘 학습 계획에 따라 공부를 했다. 그는 과학 수업에 적극적이었고,

특히 동물에 관한 수업은 더욱 열심히 참여했다.

학교 졸업 후 페터는 삼촌 집에서 농장 일을 도우면서 계속해서 사랑스러운 친구들을 만나며 우정을 쌓아갔다. 그리고 그들과 장난을 칠 때마다 기쁨에 넘쳐 이렇게 소리질렀다.

"돼지 권투! 돼지 권투!"

(역자 주)
── 돼지와 감자가 독일에서 특별히 사랑받는 이유

유럽 대륙에서는 1618년부터 1648년까지 30년 전쟁으로 불리는 참혹한 전쟁이 있었다. 800만 명이 사망했고, 치열한 전쟁터였던 중부 유럽(현재의 독일 영토) 대부분이 황폐화되었다. 1648년 베스트팔렌 조약으로 전쟁이 끝난 뒤 독일은 극심한 식량난을 겪었고, 프리드리히 2세는 두 가지 조치를 취했다. 하나는 남미가 원산지인 생장력이 뛰어난 감자를 대량으로 심게 한 것이고, 다른 하나는 번식력이 좋은 돼지를 숲에 방목해 대량 사육하게 한 것이다. 이 정책은 크게 효과를 발휘해 독일인들을 기아에서 벗어나게 했고 그때부터 돼지와 감자는 독일인의 각별한 사랑을 받게 되었다.

최고의 암말 아라벨라

말이 찾아준 가정의 평화

"말은 인간의 꿈을 실현한다.
말은 인간에게 자유를 선사하고,
인간과 모험을 함께한다.
말은 인간의 운명을 바꾼다."

나폴레옹 보나파르트Napoléon Bonaparte

어린 시절 나는 여름방학이면 종종 삼촌의 지인이 운영하는 아이헨도르프 대농장에서 지내면서 또래의 사촌들과 즐겁게 뛰어놀았다. 건초를 정리하거나 탈곡하는 일을 도왔고, 안장을 얹지 않은 채 말을 타기도 했다. 여동생이 큰 소리로 노래를 부르면서 농장을 걷던 기억이 지금도 생생하다.

"잘 보라, 저기에 그가 온다.
큰 걸음으로 내딛고 있다.
잘 보라, 저기에 그가 온다.
미치광이 사위가 온다."

당시 여동생은 이런 가사의 노래를 불렀는데, 나는 이 노래를 재미있어 하며 여동생에게 어디서 배웠느냐고 물었다. 동생은 "엘리 아주머니가 침대를 정리할 때 항상 부르는 노래야"라고 답했다. 엘리 아주머니는 아이헨도르프 농장의 안주인 엘레오노레의 애칭이었다. 당시에는 그녀가 왜 이런 노래를 부르는지 잘 알지 못했는데, 훗날 아이헨도르프 농장 가족의 오래전 일화를 알게 되면서 뒤늦게 그 의미를 깨닫게 되었다.

아이헨도르프 대농장은 대대로 뮐렌도르프 가족의 소유로 독일 북부 디트마르셴(슐레스비히홀슈타인주의 서부 해안 지역)에 있다. 목가적 풍경의 농장은 방대한 목장, 비옥한 밭, 꽃이 만발한 목초지가 어우러진 곳으로 북해에 인접해 아름답기 그지없는 곳이었다.

뮐렌도르프 가족의 말 사육은 국제적으로 알려져 있었다. 크고 건장한 홀슈타인 암말은 우수한 혈통의 영국 수말과 교배를 통해 우아하고 도약력이 강한 자손을 만들어냈다. 뮐렌도르프의 말들이 승마 대회에서 우수한 성적을 내는 것은 결코 놀라운 일이 아니었다. 하지만 사람들이 알지 못하는 숨은 이야기가 있다. 말 사육을 통해 부부 간에 화합을 하며 가정의 평화가 이뤄진 일이 그것이다.

오래전 뮐렌도르프의 나이 든 농장주에게는 네 명의 딸이 있었는데, 이들 중 누구에게 농장을 상속할 것인가로 고민하고 있었다. 농장을 떠맡을 사윗감을 찾지 못했고, 농장에 흥미가 없던 장녀 엘리자베스는 일찌감치 간호사가 되어 아프리카로 떠났다.

남은 세 딸은 부모와 함께 농장에 남아 둘째 딸 소피아는 집안일을 맡았고, 셋째 마르가레타는 농장 일꾼들을 관리했으며, 막내 클라라는 가축과 말들을 돌보았다. 클라라는 아버지와 마찬가지로 열정적인 승마 도약 선수였다.

그러던 중 연로한 농장주가 갑자기 사망했다. 그의 유언장에는 놀랍게도 농장의 소유권을 가사를 책임지고 있는 둘째 소피아가 아닌 셋째 마르가레타에게 물려주라고 적혀 있었다. 다른 자매들은 약간의 보상금과 농장 거주권으로 만족해야 했다. 자신이 장래 농장 주인이 될 것으로 생각했던 소피아의 꿈은 깨지고 말았다.

엄마인 엘레오노레는 근심스러웠다. 남편의 유언장대로 따르면 자매들 간에 다툼이 일어날 게 확실했기 때문이다. 엘레오노레는 고심 끝에 농장 관리 일이 딸들의 싸움으로 망가지지 않도록 전문 경영인을 채용했다. 훌륭한 가문 출신이자 지역에 잘 알려진 마장마술 기사였던 빈프리트라는 남자로 준수한 외모에 석사 학위를 지닌 엘리트였다.

그러나 빈프리트가 부임한 후 엄마가 의도했던 농장의 평화는 오지 않았다. 왜냐하면 소피아, 마르가레타, 클라라 세 자매 모두가 빈프리트를 좋아했기 때문이다. 빈프리트가 세 자매 중 막내인 클라라를 좋아하는 것을 눈치챈 엄마는 클라라에게 그를 만나지 못하게 했지만 소용이 없었다. 빈프리트와 클라라는 결국 연인 관계가 되었고, 남은 두 딸은 두 사람을 질투심에 불타 지켜보고 있었다. 아이헨도르프 농장의 분위기는 폭발 직전이었다.

이렇게 1년이 지나자 빈프리트와 클라라는 함께 농장을 떠나 새로운 일자리를 찾으려는 계획을 세우기 시작했고, 이 문제로 두 사람이 다투는 일이 잦아지면서 결국 헤어지게 되었다. 그러자 빈프리트가 클라라가 아닌 마르가레타와 맺어지길 원했던 엄마 엘레오노레는 빈프리트를 불러 이렇게 이야기했다.

"당신이 알다시피 이 농장의 단독 상속자는 마르가레타예요. 만약 당신이 마르가레타와 결혼한다면 두 사람이 우리 가문의 이름을 이어받는 농장의 소유주가 될 수 있다는 말이죠. 나는 사실 그렇게 되기를 바라요."

마르가레타에게도 호감이 어느 정도 있었던 빈프리트는 고민 끝에 클라라를 완전히 포기하고 농장 주인이 되는 길을 선택했다. 마르가레타와 결혼을 한 것이다. 문제는 그러면서도 클라라를 향한 그의 마음을 깔끔하게 접지 못했다는 데에 있었다. 이를 감지한 가족들은 모두가 분노했다. 이는 결코 있을 수 없는 일이었고, 농장은 최악의 환경이 되었다. 빈프리트에게 이 같은 상황은 지옥이나 다름없었다. 장모는 그의 처신을 비난하며 경멸했고, 질투심에 가득 찬 아내와 실의에 빠진 전 연인은 그를 증오하며 닦달했으며, 처형 소피아는 그들의 불행을 고소하다는 듯 지켜보고 있었다.

네 여자 모두가 빈프리트의 삶을 힘들게 했다. 그는 밤낮으로 열심히 일했지만 아무 소용이 없었다. 여인들은 갈수록 더 많은 요구를 하고 기울어가는 농장의 재정 상태에 맞지 않는 지출을 계속해갈 뿐이었다. 농장 운영은 점점 더 힘들어질 수밖에 없었다. 빈프리트는 점차 내성적으로 변했고 우울증에 빠진 채 일에만 몰두하며 공격적인 성격으로 바뀌어갔다.

빈프리트의 노력에도 불구하고 법원의 경매 집행관은 아이헨도르프의 단골손님이 되었다. 돼지 사육은 수익을 내지 못했고, 소 키우는 수익은 미미했으며, 오직 말 사육을 통해서만 돈이 들어왔다. 이 돈으로 그나마 농장의 경매를 그때그때 연기할 수 있었다. 빈프리트에게는 그가 돌보는 말들만이 유일한 희망이었다. 빈프리트는 하루의 대부분을 말 사육 목초지에서 홀슈타인 암말들을 관찰하며 지냈다.

그중에서도 네 살 된 흑갈색 암말 '아라벨라'는 빈프리트의 마음을 사로잡았다. 그는 이 암말을 '벨라'라고 불렀다. 벨라는 빈프리트가 자전거를 타고 오는 것을 보면 울타리로 뛰어올라 그를 반겼고, 넓은 목초지에서도 빈프리트 옆에서 떨어지지 않았다. 빈프리트는 이 말을 세심하게 관찰하며 정성껏 돌봐주었다. 말들과 교감하는 동안만큼은 농장과 가족 문제들로부터 벗어날 수 있었다.

빈프리트는 벨라를 최고로 우수한 종마와 짝짓기시킬 계획을 세웠다. 그 후 장차 새끼 말이 태어나면 잘 돌보며 훈련을 시켜 훌륭한 경주마로 키우고자 했다. 그리고 그 경주마를 마술 경기에 내보내 우승하는 것을 장래의 목표로 삼았다. 겉으로는 매일 같은 일들을 처리하고 있었지만 그의 머릿속에는 오로지 아라벨라와 미래의 새끼 말에 대한 생각으로 가득 차 있었다. 그는 꿈을 꾸고 있었다.

빈프리트는 그가 찾아낸 종마들과 그 혈통, 그 후손들의 국내외 마술 대회 성과를 세심하게 연구했다. 그 해의 스타는 '도나투스'라는 말로, 모든 사육사가 이 종마를 최고로 선택했다. 하지만 빈프리트는 종마들을 직접 보고 감정하기로 결정했다.

어느 날 저녁 식사 자리에서 빈프리트는 가족들에게 자신의 생각을 얘기했다.

"내일 종마 집합소에 가서 며칠이 걸리더라도 아라벨라에게 맞는 초우량 종마를 찾아보려고 해요."

그 순간 아내 마르가레타가 그를 뚫어지게 쳐다보며 말했다.

"빈프리트, 나는 당신이 목초지에 있을 때의 모습을 보며 아라벨라에게 마음을 두고 있다는 것을 알고 있었어요. 내일 나도 함께 가면 어떨까요? 나도 여러 종마들의 계보를 공부했는데 도와주고 싶어요."

빈프리트는 마르가레타가 말 사육에 관심이 있었다는 것을 알고 깜짝 놀랐다. 다음 날 아침 둘은 함께 출발했다. 종마 집합소로 가는 차 안에서 두 사람은 전문적인 대화를 나누며 그들의 생각이 일치한다는 것을 확인했다. 그리고 장래의 새끼 말을 위한 적절한 종마를 쉽게 찾았는데 그 말은 전년도의 스타로, 크고 옅은 갈색을 띠며 이마에 별 모양의 흰 점을 가지고 있는 '사모라노'였다.

마르가레타와 빈프리트는 처음으로 함께 행복해했고, 그다음 일들은 수월하게 진행되었다. 부부가 합심해 정성껏 돌본 아라벨라는 13개월 후 흑갈색의 새끼를 낳았고, 빈프리트의 꿈은 반쯤 실현되었다. 그리고 그보다 3개월 전에 빈프리트와 마르가레타의 아들 토르

벤이 태어났고, 그 후 이어서 두 아들이 더 태어났다.

이 오래된 농장에 확실한 평화가 찾아왔다. 소피아와 클라라는 어린 조카들을 성심껏 돌봐주었으며, 빈프리트와 장모 엘레오노레의 관계도 많은 부분에서 부드러워졌다. 엘레오노레는 멀리서 사위가 오는 게 보이면 "저기 우리 사위가 오네" 하며 반갑게 맞아주었다.

아이헨도르프 농장을 배경으로 막장 드라마처럼 치닫던 가족들의 불편했던 상황은 동물들을 돌보는 과정에서 신뢰와 애정이 쌓이면서 해피엔딩으로 마무리되었다.

필립 현상 극복을 도운 물고기

수족관을 만나며 ADHD를 개선한
토마스의 이야기

"동물은 사람들이 아는 가장
명확한 존재입니다. 그들은 자신의
느낌을 거짓 없이 보여주고,
우리의 마음을 어루만져줍니다."

레프 톨스토이Lev Tolstoy

어린 시절 나의 어머니는 하인리히 호프만 박사의 동화책 〈더벅머리 아이〉를 읽어주셨다. 내용 중에는 어린아이를 겁나게 하는 이야기들이 있었다. 하지만 나는 무서운 이야기들이 재미있었고, 어머니는 내가 재미있어 하는 이야기를 반복해서 들려주시곤 했다.

열 편의 이야기 중 '식탁에서 얌전히 있지 못하는 필립 이야기'는 우리 가족의 예의 바른 점심 식탁에서 한번쯤은 따라 하고픈 충동을 자극했다. 그러나 만약 그랬다가는 엄하기 짝이 없는 아버지가 화를 낼 것이 틀림없기에 꾹 눌러 참아야 했다.

이야기 속의 필립처럼 안절부절못하는 '필립 현상'은 주로 어린 소년에게 일어나는 정신적 장애이다. 주변에서 종종 볼 수 있으며 제때 치료받지 못할 경우 평생 동안 지속될 수 있다. 나의 오랜 환자 중에도 아들이 이런 장애가 있어 어려움을 겪는 이가 있었다. 이들 가족이 어려움을 극복해나간 이야기를 소개한다.

귀여운 소년 토마스는 젖먹이 때부터 특이했다. 자주 소리를 지르고 화를 냈으며 음악이 나오는 장난감 시계를 세차게 두드리곤 했다. 걸음마를 빨리 시작해 일찍부터 걸었는데, 이리저리 뛰어다니며 머리, 팔, 온몸을 부딪혔다. 좋은 장난감들이 있었지만 흥미가 없었고 던져버리거나 망가뜨렸다.

토마스의 어머니는 엄청난 인내로 아들을 대했다. 직장조차 그만두고 오직 아이에게 매달려 최선을 다했다. 이런 정성 덕분에 토마스는 일찍 말을 배워 잘할 수 있게 되었다. 하지만 이와 반대로 어린 아들을 엄하게 대한 아버지는 아이를 야단치며 매를 때렸고, 소리지르며 난폭하게 뛰어다닐 때는 가둬놓기까지 했다. 오직 엄마만이 아들을 끝까지 감싸주었다.

놀이터에서도 토마스는 공격적인 행동으로 주변의 눈총을 받았다. 다른 아이들을 그네나 미끄럼틀에서 넘어뜨렸고, 돌을 던지기도 해서 놀이터에 있을 수 없을 때가 많았다.

토마스는 ADHD(주의력 결핍 과잉행동 장애) 환자로 진단받았고, 어머니는 크게 낙담했다. 소아과 의사는 행동 치료와 함께 약물 처방을 권했지만, 어머니는 아들에 대한 약물 처방은 한사코 거부했다. 약물에 대한 부정적인 의견들 때문이었다.

토마스는 학교에 입학해서도 공격적인 행동을 계속했다. 분노 조절을 하지 못하고 계속해서 수업을 방해했기 때문에 급기야 담임 선생님이 신경쇠약에 걸릴 지경에 이르렀다. 엄하게 벌을 주는 것도, 부드럽게 타이르는 것도 모두 소용이 없었다. 어떤 조치도 도움이 되지 않았던 토마스는 수차례 정학 처분을 받았다.

토마스의 아버지는 아들을 거의 포기한 상태가 되었다. 그때 도움의 손길이 찾아왔다. 할아버지, 할머니가 집 근처로 이사해 손자를 돌봐주기로 한 것이다. 토마스는 자기를 좋게 봐주는 유일한 사람인 할아버지를 좋아했다.

할아버지는 토마스를 항상 긍정적으로 대했고, 잘못된 행동이나 사고를 쳐도 참고 친절하게 대했다. 할아버지는 매일 토마스에게 찾아와 그와 놀아주고, 숙제를 도와주고, 공부방에도 데리고 갔다. 수영, 자전거 타기, 정원 나무 위에 집 짓기, 동물원과 수족관 방문하기 등을 함께하며 할아버지는 모든 시간을 손자에게 헌신했다.

그러나 토마스의 과잉행동 장애가 없어지지는 않았다. 여전히 공격적이고 자학하며 소리를 질렀다. 하지만 할아버지는 언제나 평정심을 유지했다. 할아버지는 걱정스러워하는 토마스의 부모에게 이렇게 말했다.

"나는 예전에 30명 넘는 직원들을 데리고 건설 회사를 경영했어. 그 일은 간단치 않았지만 수많은 문제를 잘 해결해나갔지. 이 장난꾸러기 손자 녀석의 문제도 잘 해결할 수 있다고 장담한다."

할아버지는 현명한 분이셨다. 손자의 병에 대해 열심히 공부하고 다양한 대처 방법을 구상했다. 수족관 방문하기도 그중 하나였다. 수족관은 토마스를 매료시켰다. 토마스는 수족관 앞 의자에 오랜 시간 앉아 있으면서 화려한 색채를 지닌 물고기들을 주의 깊게 바라보았다. 물고기의 헤엄치는 모습이 토마스를 진정시키는 작용을 한 것이었을까?

"할아버지, 수족관을 갖고 싶어요. 엄마 아빠가 허락해줄까요? 내 수족관을 갖게 되면 물고기와 식물들을 제가 보살필게요. 약속해요. 할아버지!"

토마스의 부모는 이를 허락했다. 하지만 토마스가 수족관을 자기 방에 설치하겠다고 고집을 부리는 바람에 시작부터 분란이 일어났다. 토마스는 분노를 표출하며 떼를 썼고, 아버지는 이를 단호하게 거부했다. 토마스의 아버지는 "우리 모두의 수족관이기도 하기 때문에 설치 장소에 관해 조금씩 양보해야 해"라고 설득했다. 결국 수족관은 가족들이 공동으로 사용하는 식당에 설치되었다. 토마스가 아버지의 말을 수긍하고 받아들인 것이다.

토마스는 물고기와 식물을 돌본다는 약속을 지켰다. 오랜 시간 수족관 앞에 앉아 물고기들을 쳐다보며 수족관 펌프의 나지막한 붕붕 소리를 들었다. 어떤 물고기나 식물을 더 넣을 것인지 계획을 세웠고, 어떤 먹이가 가장 좋을지도 고심했다. 그리고 물고기의 특성에 대한 것들을 조사하고 공부했다.

수업 시간에 토마스는 자기가 공부한 것들에 대해 발표했고, 수족관에 관심 있는 친구들을 집으로 초대했다. 학교에서 그에 대한 인식은 차츰 좋아졌고, 친구들을 대하는 토마스의 태도 역시 많이 부드러워졌다.

토마스의 병이 완치되지는 않았다. 하지만 토마스를 위한 할아버지의 풍부한 아이디어와 헌신, 가족들의 인내를 바탕으로 한 행동치유 그리고 물고기들을 관찰하며 향상된 집중력 등으로 과잉행동장애는 상당히 많이 개선되었다.

이제 토마스는 성인이 되었고 때때로 불안정함, 조급함, 주의력 결핍 등이 나타나기도 한다. 하지만 이해심 깊은 아내와 토마스를 만족시키는 직업 덕분에 불편하지 않게 사회생활을 하고 있다. 여전히 그는 수족관을 가지고 있고 크기는 예전보다 훨씬 커졌다. 그의 수족관은 이국적이고 아름다운 물고기들로 가득하다.

다락방을 찾아온 삼색 고양이

학대받는 소녀를 일으켜 세운
특별한 우정

"고양이는 우리에게 완벽한 동반자입니다.
그들은 우리 곁에 고요히 자리해
우리의 마음을 편안하게 해주며,
우리의 스트레스를 줄여줍니다."

마크 트웨인 Mark Twain

나의 어린 시절 옆집 소녀의 이야기이다. 불우한 환경에서 자란 그녀는 어려움을 극복하고 당당하게 성장해 지금은 행복한 삶을 누리고 있다. 이 같은 행복한 결말은 소녀의 노력, 뒤늦게 만난 좋은 환경 덕분일 수 있지만 나는 무엇보다 삼색 고양이 '릴리와의 우정'이 큰 몫을 했다고 믿는다.

릴리는 흔히 '칼리코(Calico)'라 불리는 삼색 고양이였다. 칼리코는 고양이 품종 이름이 아니라 고양이 색상의 패턴(검정, 주황, 흰색의 세 가지 색상)에서 비롯된 명칭이다. 삼색 고양이는 세계 여러 나라에서 행운의 상징으로 여긴다. 이 고양이는 사람들에게 기쁨을 주고, 사람들과 어울려 놀기를 좋아하며, 무엇보다도 어린이에게 친화적이다. 소녀에게도 이런 장점들이 작용해 긍정적인 역할을 한 것으로 확신한다.

오덴탈 가족은 우리 집 건너편에 살고 있었다. 어린 시절에는 이 가족의 사정에 대해 잘 알지 못했고 훗날 어머니로부터 듣고 나서야 자세히 알게 되었다.

부인 리타는 가정주부였고, 남편 카를은 시청의 행정 직원이었다. 리타와 카를의 결혼 생활은 행복했으며 그들은 아이를 낳지 않기로 하는 대신 2개월 된 여자 아기를 입양했다. 부부는 아이의 이름을 우르술라라고 지었고 리타는 행복해했다. 호기심에 가득 찬 크고 검은 눈을 가진 우르술라는 아름답고 활기찬 아이로 성장했다. 부모는 딸 바보가 되어 애지중지하며 아이를 키웠다.

그렇게 5년이 지난 뒤 리타가 뜻하지 않게 임신을 했다. 리타는 아들을 낳았고, 그때부터 우르술라에게 고난이 시작되었다. 리타는 우르술라에게 자주 짜증을 냈다. 큰 소리를 치거나 심지어 때리는 소리가 날 때도 있었다. 하지만 이웃집 그 누구도 이 상황에 섣불리 개입할 수 없었다.

동생이 태어나자 우르술라는 자기의 예쁜 방을 비우고 지붕 밑 추운 다락방으로 옮겨야 했다. 우리 집 일을 도와주었던 가사 도우미 아주머니가 우르술라의 옆집에 살다 보니 그 집의 사정을 잘 알게 되었고, 아주머니를 통해 우르술라의 힘든 상황에 대한 이야기를 종종 들을 수 있었다. 당시 나는 비록 어렸지만 동네 친구인 우르술라의 처지가 가엽게 느껴졌다.

우르술라는 다락방에 앉아 창밖의 정원을 바라보곤 했다. 그러던 어느 날 열린 창밖에서 그녀는 움직이는 물체를 발견했다. 커다란 삼색 고양이였다. 고양이는 지붕 위로 올라오더니 창문 앞에 멈춰 서 우르술라를 쳐다보았다.

우르술라가 "이리 들어와"라고 부르자 고양이는 방 안으로 뛰어들어와 침대 위에 앉았다. 우르술라는 기뻐서 고양이를 쓰다듬었고, 그때부터 둘은 친구가 되었다. 그녀는 고양이에게 '릴리'라는 이름을 붙여주었고 정말 친한 친구처럼 이야기를 나눴다. 우르술라는 장난감 자동차 안에 아늑한 작은 침대를 만들었고, 릴리는 이 자리를 좋아하며 받아들였다. 부모에게 고양이 얘기를 하면 싫어할 것이 틀림없다고 생각했기 때문에 우르술라는 이 새 친구에 대해 아무에게도 얘기하지 않았다.

가끔 내가 남몰래 다락방으로 찾아가면 우르술라는 문을 열어 내게 고양이를 보여주었다. 아무도 우르술라가 이 고양이와 우정을 나누고 있다는 것을 눈치채지 못했고, 나 역시 입을 다물고 있었다. 우르술라는 어머니가 고함을 질러대고 욕지거리를 해댈 때마다 이를 참아내며 고양이와 함께할 시간만을 기다렸다.

　상황은 점점 악화되었다. 리타는 우르술라를 신경질적으로 대하고 끊임없이 욕설을 퍼부으며 몇 시간씩 다락방으로 쫓아냈다. 우르술라는 남동생을 돌봐주고 싶었지만 남동생한테 다가가는 일은 엄격하게 금지되었다.

　리타는 우르술라를 지나치게 싫어했는데, 그것은 단지 자신의 친딸이 아니라는 이유 때문만은 아니었다. 이웃들은 진짜 이유를 나중에 알게 되었다. 우르술라가 커가면서 남편 카를을 쏙 빼닮은 모습이 점점 나타났던 것이다. 이는 우르술라가 카를의 혼외자임을 말해주고 있었다. 결국 카를과 리타는 별거하게 되었고, 집을 나간 카를은 가끔씩 가족을 방문할 뿐이었다. 그의 사랑스러운 딸 우르술라는 가혹한 운명에 홀로 내버려졌다.

　우르술라의 슬픔은 자기 방에 들어설 때만 사라졌다. 그녀가 슬픈 얼굴로 방에 들어설 때마다 방 안에서는 릴리가 우르술라를 기다리고 있었다. 릴리는 매일 우르술라를 찾아왔다. 우르술라는 릴리에게 우유와 귀리 플레이크를 주었고, 장난감 차 안에 태워 방 안을 이리저리 돌아다니며 놀아주었다. 릴리가 편안하게 누워 있으면 우르술라는 자장가를 불러주었고, 릴리는 노래를 들으며 잠이 들었다. 우르술라는 어머니에게 자기 방을 혼자서 청소하고 정리하겠다고 하면서 어머니가 자기 방에 신경 쓰지 않도록 했고, 그 덕분에 오랫동안 릴리와 행복한 시간을 보낼 수 있었다.

　시간이 지나며 우르술라에게 릴리와의 우정을 기념하기 위한 새로운 생각이 떠올랐다. 릴리의 그림을 그리는 것이었다. 아름다운 그림들이 그려졌다. 지붕 위에 있는 릴리, 창문 앞에 있는 릴리, 침대 위에 있는 릴리, 장난감 자동차 속에 있는 릴리, 음식을 먹고 있는 릴리 등이다. 우르술라는 사방의 벽을 이 그림들로 장식했고, 혹시라도 어머니에게 들킬 경우 어떻게 둘러댈지 답변을 준비해두었다.

오랫동안 우르술라의 비밀은 발각되지 않았다. 그리고 나는 우르술라와 그녀의 고양이에 대한 흥미보다 또래들과 축구를 즐기는 데 더 정신이 팔려 있었다. 그 무렵 우르술라의 상황이 더 악화되었다. 리타가 초등학교에 입학하게 될 우르술라에게 더 이상 함께 살 수 없다며 새로운 돌보미 가정을 찾아주겠다고 한 것이다. 하늘이 무너지는 얘기였지만 어린 소녀의 걱정거리는 따로 있었다. 우르술라는 오로지 릴리만을 생각하고 있었다.

그제야 '릴리는 누구의 고양이일까?'라는 생각이 우르술라에게 떠올랐다. 릴리가 우르술라의 작은 다락방 창문을 나가면, 주위의 수많은 지붕을 지나 어디로 사라지는지 알 수 없었기 때문이었다. 우르술라는 동네를 돌아다니며 이 삼색 고양이를 아는 사람이 있는지 물어보았고, 마침내 릴리의 주인을 찾았다.

고양이의 주인은 나이 든 노부인이었다. 우르술라가 자기 사정을 얘기하자 부인은 어린 소녀를 따뜻하게 보듬어주었다. 그리고 우르술라가 고양이를 데리고 새로운 돌보미 가정으로 함께 갈 수 있게 도와주었다.

새 돌보미 가정은 부부가 모두 교사로 세 명의 아이가 있었지만 우르술라와 그녀의 고양이 릴리를 가족으로서 따뜻하게 맞아주었다. 우르술라와 릴리는 새로운 보금자리에서 행복하게 살 수 있게 되었다. 우르술라는 초등학교와 중·고등학교를 아무런 문제없이 잘 마쳤고, 쾰른에서 대학을 졸업한 후 마침내 교사가 되었다.

우르술라는 어머니와 남동생과는 그래도 한동안 연락을 지속했지만, 자신과 가정을 버리고 떠난 아버지는 다시 만나지 못했다. 하지만 우르술라는 어린 시절의 고통을 삼색 고양이 릴리와의 우정으로 극복할 수 있었다.

교사가 되었던 우르술라는 더 넓은 세상으로 나아가 캐나다의 대학에서 장학금을 받으며 공부를 더했고, 그곳에서 남편을 만났다. 삼색 고양이 릴리의 그림은 우르술라의 기억 속에 영원히 남아 있어 여전히 그녀의 삶을 지켜주고 있다.

(역자 주)

━ 삼색 고양이

삼색 고양이는 흰 바탕에 주황색과 검은색 무늬의 고양이를 말한다. 삼색 고양이는 대부분 암컷인데 그 이유는 색깔 유전자가 성염색체(X)에 존재하기 때문이다. 암컷은 성염색체(XX)를 통해 두 가지 색을 가질 수 있지만 수컷의 성염색체(XY)는 한 가지 색만이 가능하다. 흰색의 유전자는 일반 염색체에 들어 있어 암컷, 수컷 모두 가질 수 있으며 간혹 XXY 염색체를 가진 수컷 삼색 고양이가 돌연변이(1/3000~1/30000 확율)로 드물게 태어나며 행운의 상징으로 여겨진다. 칼리코(Calico)라는 이름은 최고급 면직물 생산지인 인도의 도시 '캘리컷'(Calicut, 현 코지코드)에서 유래되었다. 이곳에서 생산한 면직물은 얇고 부드러우며, 특히 흰색을 바탕으로 색을 더해 염색한 옷감은 유럽에서 최고급 제품으로 사랑받았다. 그 아름다움을 닮았다 해서 삼색 고양이에게 '칼리코'라는 이름을 붙여준 것이다.

만더샤이트의 기적

송아지가 피부병을 치료해준다고?

"동물들과의 교감은
최고의 대화 중 하나다.
그들은 말을 할 줄 모르지만,
그들이 교감을 통해
우리에게 가르쳐주는 것은
매우 중요하다."

프랑수아 트뤼포François Truffaut

어느 날 내 조카의 딸이 친구에게 다음과 같은 편지를 썼다.

안녕 요한나!
어떻게 지내니? 나는 지금 아이펠에 있는 농장에서
가족과 함께 머무르고 있어. 농장에는 270마리의 암소가
커다란 외양간에 갇혀 있고 모든 것은 자동적으로 작동해.
암소들은 넓은 풀밭을 마음대로 돌아다닐 수 없어.
불쌍한 암소들!
엊그제 농장주 할아버지 할머니가 농부 아저씨와 함께
마을에 간 뒤 언니와 내가 무슨 짓을 했는지 알아?
외양간 문을 열어 소들이 풀밭으로 나가게 해줬단다.
소들이 얼마나 신이 나서 이리저리 뛰어다니던지….
소들은 자유를 즐겼지만 언니와 나는 엄청 야단맞았어.
할아버지와 농부 아저씨는 크게 화를 내면서 농장에서
휴가 보내는 것을 당장 중단하고 떠나라고 하셨을 정도였어.
하지만 할머니가 우리 편을 들어주셔서 용서를 받았고,
대신 우리는 농장 청소를 돕는 벌을 받기로 했지. 모든 소가
외양간으로 다시 돌아오는 데는 꼬박 하루 반나절이 걸렸고,
마을 사람들의 도움을 받아야 했어. 하지만 이 일은 아무리
생각해도 참으로 즐거운 사건이었던 같아. 소들한테
행복한 추억을 선물했으니 이처럼 멋진 일이 또 있을까 싶어.
너에게도 멋지고 새로운 일이 일어나길 바라.
다시 만나기를 기다리면서 인사를 보낸다. 안녕! 잘 지내.
2019년 8월 소피가

만더샤이트의 기적

나의 형과 형수, 조카 그리고 조카의 세 딸들은 함께 아이펠에 있는 만더샤이트 농장에서 여름휴가를 보내고 있었다. 농장은 목초지로 둘러싸여 있고, 멀리 아이펠의 높은 산들을 볼 수 있는 곳이었다. 오랫동안 아이펠에 가보지 못했던 터라 나 역시 만더샤이트 농장을 방문해 형의 가족들을 만나기로 했다. 나는 농장 주변의 아름다운 산책로와 넓은 초원 위에서 소, 말, 양들이 뛰노는 모습을 기대하며 아이펠로 향했다.

하지만 만더샤이트 농장에 도착했을 때 나는 깜짝 놀라고 말았다. 그곳에서 한 마리의 동물도 볼 수 없었기 때문이었다. 내가 발견한 유일한 것은 멀리 보이는 거대한 외양간 시설뿐이었다. 농부와 형의 가족들은 나를 반갑게 맞아주었다. 인사를 나눈 뒤 내가 건넨 첫 번째 질문은 "농장이 진짜 아름답네요. 그런데 동물들이 없어 아쉽습니다"였다. 그러자 이곳을 관리하는 농부가 이렇게 답했다.

"요즘은 농장에서 낙농업에 주력하기 때문에 젖소들은 건너편의 큰 건물 안에서 지내고 있고, 새끼를 밴 암소는 집 뒤편 외양간에 있습니다. 젊은 수소들만 인근 목초지에서 따로 관리하고 있죠."

예전에는 27마리의 젖소만으로도 농장을 충분히 운영할 수 있었는데, 요즘은 그 열 배인 270마리로도 수익을 맞춰 운영하는 게 빠듯하다고 한다. 그나마 농장을 체험하며 휴가를 보낼 수 있는 두 채의 임대주택이 없었다면 농장은 이미 문을 닫았을 것이란다.

"이제는 모든 일이 자동화되었습니다. 사료 주기, 젖 짜기, 소 똥 치우기 등 모든 일이 자동으로 진행되지요. 소똥은 아랫마을 요양원의 난방에 사용되어 농장의 추가 소득이 됩니다."

농부의 설명을 듣고 자동화된 거대한 사육 시설을 살펴보며 충격을 받았다. 아름답게 펼쳐진 넓은 초원을 단 한 마리의 소도 즐길 수 없고 오로지 '기술'만이 지배하고 있었다.

농부의 아내는 우리 가족을 송아지 우리로 데려갔다. 막 태어난 어린 송아지들은 출입구 왼쪽에, 큰 송아지들은 오른쪽에 우리가 있었다. 송아지 우리는 빛이 반짝일 만큼 깨끗했으며, 이곳에 들어가려면 가운을 입고 손 소독을 한 뒤 소독 매트 위를 지나야 했다. 어린 시절 삼촌의 농장에서는 경험해보지 못했던 것들이다. 우리가 들어서자 소들이 불안해하며 이리저리 뛰었고, 어린 새끼 송아지는 슬픈 눈으로 일행을 바라보았다.

조카의 딸은 새끼 송아지들에게 젖병을 물려줘도 좋다는 허락을 받고 조심스럽게 젖병을 내밀었다. 그러자 새끼 송아지가 열심히 그녀의 손을 핥았다. 그 모습을 본 조카가 아이에게 소리를 쳤다. "소피야, 그렇게 하도록 하면 안 돼. 송아지 입안에 세균이 있을 수도 있잖아!"

그러자 농부의 아내는 괜찮다고 안심시켜주면서 자신의 이야기를 들려주었다.

"괜찮습니다. 걱정하지 않으셔도 돼요. 사실 얼마 전 제가 양쪽 손에 심한 염증이 있었어요. 염증이 계속되어 통증 때문에 일을 하기 어려웠죠. 청결하게 관리해야 하는 휴가용 임대주택 청소조차 할 수 없었고, 이 때문에 농장 숙박객들의 항의를 받지 않을까 염려스러워 스트레스도 심했습니다. 피부과 전문의의 진료를 받았지만 염증은 갈수록 심해졌고, 쾰른 대학병원에서 처방해주는 약들도 아무 효과가 없었어요."

그러던 중 송아지 사육을 맡았던 그녀의 딸이 교육과정 연수를 위해 농장을 비워야 했고, 그녀가 그 일을 대신해야 했다. 부인은 휴가용 임대주택 관리 업무는 신규 인력을 채용해 맡기고, 자신은 송아지 돌보는 일을 시작했다.

"갓 태어난 새끼 송아지들에게 젖병을 물려주며 쓰다듬어주었습니다. 그랬더니 새끼들이 내 손을 핥으며 손가락을 빨더군요. 송아지들은 이런 행동을 좋아했고, 저 역시 싫지 않아 그냥 하도록 내버려두었죠."

이렇게 송아지 돌보는 일을 시작한 지 며칠 뒤 그녀에게는 놀라운 일이 일어났다. 잠자리에 누워 무심코 손을 살펴보는데 피부염 상태가 눈이 띄게 좋아져 있었던 것이다. 통증과 가려움증도 한결 덜했다. 부인은 깜짝 놀랐다. 갓 태어난 송아지 새끼의 침에 염증을 치료할 수 있는 성분이 들어 있는 것이 아닐까?

"정말 기적 같은 일이 일어난 거예요. 송아지 우리에서 보름 정도 일한 뒤 손의 염증이 완치되었거든요. 그리고 오늘까지도 재발하지 않고 좋은 상태를 그대로 유지하고 있고요."

이 이야기는 의사인 나의 관심을 끌었다. 피부병에서 '송아지 치료법'이라는 것을 들어본 적이 없었기에 좀처럼 믿기 어려웠다. 휴가를 마친 뒤 피부과 전문의에게 농부 아내가 겪었던 치유 경험에 관해 들려주면서 그의 의견을 물었다. 그는 송아지에게 직접적인 치유 능력은 없다면서 손의 염증이 주택 관리의 어려움과 까다로운 손님들로부터 받는 스트레스 때문에 생겼을 것 같다고 했다. 그런데 송아지를 돌보면서 편안한 마음으로 즐겁게 일할 수 있었고, 송아지들과 부드러운 접촉을 통해 긴장이 완화되면서 이것이 완치로 이어진 것 같다고 말했다.

나는 이 상황을 모른 척 그대로 내버려둘 것인가, 아니면 농부 아내에게 피부과 전문의의 의견을 들려주고 의학적인 설명을 해주는 게 좋을까 망설였다. 나는 전자를 택했다. '만더샤이트의 기적'이 실제로 존재한다고 믿기로 한 것이다. 농부의 아내가 만더샤이트에서 자신이 실제로 체험한 '송아지 치료법'에 대해 열심히 설파하는 한 그녀의 믿음은 옳은 것이다. 이러한 기적과 믿음은 인간과 동물의 관계에서 분명히 존재하는 숨겨진 비밀이다.

비누르와 팍시

두 마리의 아이슬란드 조랑말과
청소년 정신과 친구들

"말은 인간의 가장 좋은 친구다.
말은 인간의 비밀 이야기를 듣고,
인간의 슬픔을 위로하며,
인간의 행복을 함께한다."

알렉산더 대왕Alexander the Great

'비누르'와 '팍시'는 아이슬란드 조랑말들로 작지만 강하고 온순하다. 비누르는 '친구'라는 뜻이고, 팍시는 북유럽 신들이 타는 말의 이름 인데 이 말은 멋진 갈기를 가지고 있다.

두 마리의 조랑말 중 비누르는 크랄 부인의 소유인데, 그녀는 종 합병원의 소아 및 청소년 정신의학과에서 교사로 일하고 있었다. 병 원에 입원해 있는 14~17세의 학습 능력이 뒤처지는 학생들을 가르 치는 게 그녀의 일이었다. 이들은 생활환경과 사회적 경험, 교육과 정 등이 모두 다른 채 뒤섞여 있어 학급 내에서 안정적인 유대 관계 형성이 어려웠다. 게다가 하나같이 제멋대로 행동했다.

학생들은 대부분 성폭력 희생자이거나 결손 가정 출신으로 마 약 중독, 병적 체중 감소 등에 시달리고 있으며 조현병이나 자폐 스 펙트럼 장애 등을 앓고 있다. 그들에게 친밀감이나 연대감을 갖도록 지도하는 것은 매우 어려운 일로 잘못하면 오히려 공포심을 일으킬 수도 있었다. 그들 대부분은 어차피 학교 공부를 하려 하지 않기 때 문에 선생님들은 인내와 이해심, 강한 신념을 가져야 했다.

크랄 부인은 생물학과 독일어를 가르쳤다. 중요한 것은 학생들 의 학습 능력에 맞춰 각자에게 맞는 수준의 수업을 해야 한다는 것 이었다. 생물학을 예로 들면 어떤 학생은 '유전학'을 공부하고, 어떤 학생은 '동물의 세계'를 배웠다. 유전학을 공부하는 학생은 동물의 세계를 지루해하지만, 유전학을 따라갈 수 없는 학생은 동물의 세계 를 훨씬 재미있어한다.

이런 상황에서 함께 공부할 수 있도록 절충안을 만드는 일이 선 생님들한테는 큰 숙제였다. 크랄 부인은 일주일에 한 번씩 모든 학 생이 '동물 수업'에 참가해 함께 공부하게 했다. 상급생들이 자료 조사와 글쓰기를 할 때 하급생들을 도와주게 했는데 그 과정에서 또 다른 이야깃거리가 만들어졌다. 이 수업은 학생들 모두에게 즐거움을 주었다.

청소년 정신의학과에서는 매년 여름 교사, 요양 치료사, 의사들이 함께 축제를 개최한다. 크랄 부인은 이 축제에 두 마리의 아이슬란드 조랑말을 병원으로 데려와 어린이와 청소년들에게 타보게 하자는 의견을 냈다. 병원의 넓은 마당은 이런 행사에 적합했기에 병원 관계자들도 이를 허락했고, 여름 축제가 시작되는 첫날 조랑말들은 트레일러에 실려 병원에 도착했다.

행사 일주일 전 수업 시간에 크랄 부인은 아이슬란드 조랑말에 관한 수업을 했다. 이 말은 '아이슬란더' 또는 '아이슬란드 포니(pony)'로 불리며, 보통 말보다 체격이나 몸무게가 적게 나간다.

이 작은 말은 건장하고 튼튼해 어린이나 청소년뿐 아니라 성인도 등 위에 태울 수 있다. 천년 전 바이킹들은 이 말을 타고 북해를 건너 아이슬란드로 향했다. 오늘날 아이슬란드 말의 조상인 이 강인한 말은 아이슬란드섬의 거친 환경에 빠르게 적응했고, 시간이 지나면서 타고 다니기에 안전한 승마용 말로 진화했다. 아이슬란드 조랑말은 독립심이 강하며 혹독한 겨울과 화산 폭발, 기아 등을 견디고 살아남았다. 이들은 농사와 추수를 도왔고 생선, 목재, 건초, 돌덩어리 같은 화물 운송에도 충직하게 사람들을 도왔다. 제2차 세계대전 후 자동차가 도입되기 전까지 이 작은 말들은 용암, 얼음, 모래 지역을 이동하는 데 큰 도움을 주었다.

아이슬란드 말은 기본적 걸음인 평보(walk: 네 다리가 각각 따로 움직이며 규칙적인 4박자로 천천히 걷는 걸음)와 속보(trot: 대각선상의 두 다리가 동시에 움직이는 2박자의 빠르고 경쾌한 걸음), 구보(canter: 네 다리가 모두 공중에 떠 있는 순간이 생기는 3박자의 빠르게 달리는 걸음) 그리고 평보와 속보 사이의 속도로 걷는 튈트(tölt)까지 모두 자유롭게 할 수 있기 때문에 '보행하는 말'로 분류된다. 특히 튈트 보행은 말을 타고 있을 때 흔들리는 느낌이 들지 않을 만큼 움직임이 부드러워 진동이나 충격 없이 오랜 시간 편안한 승마가 가능하다.

아이슬란드의 역사와 함께해온 아이슬란드 말은 오랜 세월 시와 가곡에 등장하며 찬미되었다. 아이슬란드 전설 문학에서 말은 부와 욕망의 상징이었다. 크랄 부인의 학생인 와르스는 아이슬란드 말 이야기 중 가장 유명한 '흐라픈켈(Hrafnkel)의 전설'을 학생들에게 발표했다.

"농부의 아들인 젊은 아이나르는 아이슬란드 동쪽 아달볼이라는 곳의 양치기 목동이었다. 목장 소유주인 지역 군주 흐라픈켈은 그가 가장 아끼는 종마 '프레이 팍시'를 타는 사람은 누구라도 사형에 처할 것이라고 공표했다. 어느 날 양 떼가 멀리 도망가자 아이나르는 양들을 찾기 위해 프레이 팍시를 타고 갈 수밖에 없었다. 이로 인해 아이나르가 사형당할 처지에 이르자 그의 아버지 포르비욘은 흐라픈켈을 찾아갔고, 군주이자 엄청난 부자인 흐라픈켈은 선심을 베풀겠다며 돈으로 배상하면 없던 일로 해주겠다고 했다. 포르비욘은 부당한 제안을 거절했고, 포르비욘의 형제와 조카가 앞장서서 재판을 청했다. 두 번째 재판에서 마침내 조카가 승소했고, 이번에는 반대로 흐라픈켈을 사형에 처할 수 있다는 판결이 내려졌다. 조카는 그의 목숨을 살려주는 대신 영지에서 내쫓고 땅을 차지했다. 이러한 일이 있은 후 흐라픈켈은 개과천선해 착한 사람이 되었다. 그는 품위를 지키며 새로운 부를 축적했고 사람들의 존경을 받게 되었다."

와르스의 발표가 끝나자 아이들은 자연스럽게 정의와 불의에 대한 토론을 시작했고, 모두가 적극적으로 참여했다. 크랄 부인은 학생들과 함께 여름 축제에서 승마를 해보자는 계획을 세웠다.

아스퍼거 증후군을 갖고 있는 열일곱 살의 게오르크가 이 행사를 위해 '해야 할 일 목록'을 작성하겠다고 자원했다. 게오르크의 '작업 목록'에는 승마 쿠폰 만들기, 승마길 구획하기, 활동에 대해 안내하기, 각자의 역할 정하기 등 필수적인 일들이 적혀 있었다. 크랄 부인은 학생들이 이처럼 열성적으로 계획을 세우고 실천하는 모습을 본 적이 없었다.

마침내 행사 당일이 되었다. 말을 두려워하지 않는 학생들이 조랑말을 끌었고, 남은 학생들은 말 먹이용 사과를 챙기거나 쓰레기를 치웠다. 몇몇 여학생들은 아이슬란드 조랑말에 관한 안내 팸플릿을 만들어 나눠주었으며, 행사 기록을 남기기 위해 사진 촬영을 했다. 크랄 부인은 모든 일이 잘 진행되기 바라면서 안전을 위해 농장에서 농부 한 사람이 함께 오도록 부탁했다. 왜냐하면 조랑말 비누르와 팍시에게는 아이들의 소란과 야단법석이 익숙지 않은 환경일 것이기 때문이었다.

비누르와 팍시가 도착하자 아이들은 환호했고, 그와 동시에 모두가 놀라움을 감출 수 없었다. 두 마리의 말이 너무나 조용히 침착하게 서 있었기 때문이었다. 평소 농장에서 뛰어다니던 것과는 전혀 다른 모습이었다. 말들은 호기심 가득한 눈으로 아이들을 바라보았고, 쓰다듬도록 내버려두었으며, 당근을 조심스럽게 받아먹으며 조금도 흥분하지 않았다.

이날의 행사 진행은 완벽했다. 남녀 학생들이 안장에 앉아 조랑말을 타는 것이 순서대로 이뤄졌는데, 모두가 질서를 지키며 모범적으로 행동했다. 긴 줄을 참을성 있게 기다렸으며, 다투거나 소리지르는 일도 전혀 없었다. 평소 학교에서의 모습과 비교하면 정말이지 이해할 수 없는 일이었다.

모든 과정을 유심히 지켜보던 농부는 학생들이 다니는 특수학교를 일반 학교와 다를 바 없는 '완전히 정상적인 곳'으로 여겼다. 아이슬란드 조랑말, 비누르와 팍시가 기적을 만들어낸 것이다.

아이들은 그 후에도 비누르와 팍시가 머리에서 떠나지 않았던 것 같다. 이 사랑스러운 조랑말들에 대한 아이들의 열정은 식을 줄을 몰랐고, 조랑말들이 있는 곳으로 소풍을 가고 싶어 했다. 크랄 부인은 학생들과 함께 여러 차례 조랑말 농장을 방문했고, 과외 활동을 기피했던 게오르크조차 여기에 빠짐없이 참가했다.

조랑말들의 사육장에는 쉼터 우리가 있고, 사육장 바깥으로는 초원과 숲이 아름답게 펼쳐져 있다. 학생들은 이곳에 도착하면 자기들 문제는 모두 잊어버렸다. 마구간 청소와 새 짚 깔아주기, 말 깨끗이 닦은 뒤 안장 얹기, 말을 타거나 끌고 다니기, 안장을 내린 후 먹이와 물 주기 등 모든 일을 아무 문제없이 잘 진행했다. 학생들이 짓는 행복한 표정은 크랄 부인의 모든 수고를 보상해주었다.

몇 해 후 크랄 부인은 은퇴했다. 부인은 아이슬란드 조랑말들을 키우는 농장을 마련해 청소년 정신과 학생들을 위해 말과 함께하는 행사를 지금도 계속하고 있다.

아마가의 석탄 캐는 아이들

어느 용감한 개의 영웅적 행동

"개의 충성심은 인간과의 우정
그 이상의 어떠한 도덕적 책임감도
필요로 하지 않는
그들의 고귀한 본성이다."

콜라도 로렌조Collado Lorenzo

이 이야기의 주인공은 크레올, 즉 잡종견인 '콤파네로'다. 오래전 개 경주를 위해 스페인에서 콜롬비아로 오게 된 이 개는 강인하고 민첩하며 주인에게 헌신적이다.

콤파네로의 이야기는 아마가에서 시작된다. 이곳은 콜롬비아 제2의 도시인 메데인(Medellin)에서 약 60km 떨어진 외딴 산악 지대의 작은 마을로 석탄 채굴과 커피 재배가 주요 수입원인 곳이다.

나는 2000년대 초반 독일 살레시오 수도회 신부 파터 외르더와 함께 아마가를 방문했다. 석탄 광산이 있는 이 지역은 광부들의 파업과 반군의 활동을 막기 위해 군부대가 외부인 출입을 통제하고 있었다. 이곳으로 가는 도로는 중무장한 군인들이 지키고 있었지만 살레시오 수도회가 정치와는 무관하게 어린이들을 위한 사회 활동에 전념한 덕에 수도회 신부들에게는 친절했다.

군인들은 "사진 촬영은 절대 안 됩니다"라고 고함을 치긴 했지만 우리 일행이 탄 차가 지나가도록 해주었다. 마을에 들어서자 남루한 차림의 어린이들이 활기차고 즐겁게 뛰놀며 우리를 맞이했다.

이곳에서 만난 파올라는 다섯 아이들을 혼자 키우는 엄마였다. 남편은 막내딸을 낳은 뒤 폐에 석탄 먼지가 쌓이는 진폐증으로 죽었다. 그녀도 어린 시절 '불법적인 탄광'에서 힘들게 일했고, 그래서 석탄 채굴이 몰래 이뤄지는 숨겨진 장소들을 알고 있었다. '불법적'이라는 말은 광산 회사들 모르게 석탄을 채굴하는 것을 의미한다.

파올라의 열네 살 된 딸 루이자가 남동생과 함께 숨겨진 광산으로 가는 길을 알려주었다. 우리는 좁은 산길을 따라 사람들이 다니지 않는 지역으로 들어갔다. 광산 출입구는 나무와 빽빽한 관목으로 숨겨져 있었고, 주변에는 디젤 모터가 달린 낡은 운반 장치와 나무로 만든 레일, 덮개 없는 짐수레가 있었다.

출입구 앞에서 나는 "여기서부터는 너희들은 가지 않아도 좋아"라고 말했다. 그러자 루이자와 어린 남동생은 문제없다는 듯 자신들도 가겠다고 했다. 두 아이와 나, 파터 신부가 짐수레를 함께 타고 100m는 족히 되는 긴 갱도 속으로 비스듬히 내려갔다. 희미한 조명, 열악한 환기, 뜨거운 열기를 헤치며 가다 보니 이런 곳에서 어떻게 어린이들에게 일을 시킬 수 있었을까 하는 생각이 들었다.

광산 바닥에는 60cm 높이 정도의 거칠게 다듬어진 갱도 입구가 있었는데, 어린아이만 겨우 기어 들어갈 수 있는 크기였다. 자그마한 몸으로 이곳에 들어가 조막만 한 손으로 석탄을 두들겨 파내고, 캐낸 석탄을 갱도 입구까지 끌고 나올 때 어린아이들은 얼마나 고통스럽고 힘들었을까? 하지만 이 지역 어린이들의 부상과 사고, 질병에 대해 어떠한 것도 공식적으로 보고된 것은 없었다. 이곳에서 어린이들의 육체적, 정신적 고통은 오랜 기간 금지된 주제였다.

사진 촬영은 안 된다고 했지만 도저히 그냥 지나칠 수가 없었다. 결국 몇 장의 사진을 찍고 나서 막 돌아가려고 하는데, 그 순간 갑자기 조명이 꺼지고 짐수레가 멈춰 섰다. 깜짝 놀란 루이자와 남동생은 겁을 내며 울기 시작했다. 나는 어떻게든 두 아이를 달래줘야 한다는 생각에 박수를 치며 노래를 불렀다. 다행히도 아이들은 울음을 멈추었고, 영원한 시간처럼 느껴졌던 몇 분이 지나자 짐수레는 다시 움직였다.

그렇게 우리는 무사히 갱도 입구로 돌아올 수 있었다. 나와서 보니 온몸이 땀에 젖어 있었다. 파터 신부는 미소를 지으며 우리를 위로했고, 그제야 두 아이도 밝은 웃음을 지었다. 파터 신부와 나는 아이들을 데려다주며 함께 파올라의 집으로 갔다. 아이들은 엄마를 보자 신이 나서 자기들이 겪은 모험에 대해 이야기했다.

파올라는 조금은 망설이듯이 자신의 이야기를 들려주었다. 7년 전 남편이 사망한 후 다른 선택의 여지가 없어 딸 루이자가 1년 동안 숨겨진 탄광에서 돈을 벌어야 했다고 한다. 파올라는 남편이 콤파네로라고 이름 지어준 개를 한 가족처럼 키웠다. 개는 루이자와 아이들이 탄광으로 가는 길을 안내했고, 그들과 항상 함께했다.

루이자와 아이들이 광산 안에 들어가 있는 동안 콤파네로는 몇 시간이고 입구에서 기다리고 있었다. 그러다 아이들이 시커멓게 된 얼굴로 밖에 나오면 기뻐서 짖으며 아이들의 주위를 뛰어다녔다. 콤파네로는 집으로 돌아오는 내내 그들을 지켰고, 집에 오면 뼈다귀나 빵 조각 같은 작은 보상을 받았다.

그러던 어느 날 아이들과 석탄을 운반하던 차량의 모터가 갱도 안에서 갑자기 작동을 멈추는 사고가 발생했다. 공포에 빠진 운전자는 밖에 있는 콤파네로에게 소리를 질렀다.

"집으로, 집으로! 집으로 가, 콤파네로!"

개는 잠시 망설이더니 혼자 집으로 달려가 파올라의 집 문 앞에서 큰 소리로 짖었다. 콤파네로를 본 파올라는 사고가 난 것을 바로 알아차렸고, 광산 회사의 기술자에게 도움을 청해 함께 숨겨진 광산으로 향했다. 콤파네로는 큰 소리로 짖으며 그들을 인도했다. 광산에 도착한 기술자 덕분에 어린이들은 모두 구조되었다. 콤파네로는 그 후 마을의 영웅이 되었다. 그리고 파올라는 그 일이 일어난 뒤로는 더 이상 아이들을 광산에 보내지 않았다.

이 일이 알려진 후 살레시오 수도회 신부들은 콜롬비아 정부의
위임을 받아 아마가 지역에 어린이 학교와 농업 훈련 구호단체를
설립했다. 지금은 700여 명의 어린이들이 이 학교에 다니고 있다.
파올라는 콤파네로를 사람의 나이로 따지면 80세가 될 때까지
돌보았다. 그녀의 집 뒤에 조그마한 십자가 하나가 콤파네로의
무덤을 장식하고 있다. 콤파네로(Companero)는 스페인어로
'친구, 말동무'를 의미한다.

고양이 천국

귀여운 맹수의 치명적 매력

"고양이는 신이 빚어낸
최고의 걸작품이다."

레오나르도 다빈치 Leonardo da Vinci

오랫동안 청소년 보호소를 운영해온 자일러 부인은 몇 주 동안 점점 기운이 없어지는 증상이 지속되었다. 처음에는 누적된 피로 탓으로 여기고 대수롭지 않게 지내다가 결국엔 일을 하기 힘들 지경이 되어 병가를 냈다. 급기야 호흡곤란이 오고 코피가 잦아지면서 옆구리에 심한 통증까지 동반되자 그녀는 평소 돌봐주던 가정의를 찾았고, 내가 근무하는 요하네스 종합병원으로 보내졌다.

창백하고 낙담한 표정의 자일러 부인이 내 앞에 앉았다. 그녀가 말하는 증상은 심각했다

"옆구리에 이상한 느낌이 오면서 숨을 쉴 때 격렬한 통증이 와요. 죽을 것 같아요, 선생님."

"걱정 마세요. 어디가 문제인지 찾아내 치료해드리겠습니다."

이렇게 말하며 나는 그녀를 진정시켰다. 자세히 살펴보니 손, 목, 목구멍 그리고 눈의 결막 안쪽에 작은 출혈이 있었다. 복부를 만져보니 비장이 커져 있음을 알 수 있었고, 청진기를 대보니 숨 쉴 때마다 마찰음이 들렸다. 초음파검사 결과 비장 감염이 발견되었고 현미경을 통해 만성 림프종 백혈병이 확인되었다. 이런 경우는 신속한 치료가 생명이다.

조사 결과를 기다리는 그녀에게 심각한 질병임을 조심스럽게 설명했다.

"혈액병입니다. 하지만 다행인 것은 병이 비교적 느리게 진행된다는 것이죠. 적절한 치료를 받으면 오래도록 생존이 가능합니다."

몇 차례의 수혈과 약물 투여를 통해 병을 통제하는 게 가능해졌고, 그렇게 퇴원한 자일러 부인과 4주 후에 만나 상담을 했다. 나는 부인에게 감염 위험성이 높기 때문에 많은 사람과 접촉하는 일은 그

만두는 것이 좋겠다고 강력하게 권고했다. 그녀의 입장에서 이런 권고를 받아들이는 것은 세상이 무너지는 것같이 힘든 일이었을 것이다. 하지만 자일러 부인은 결국 내가 작성해준 소견서에 따라 55세의 이른 나이에 조기 은퇴했다.

이후의 치료는 어려움이 없이 진행되었다. 주기적인 진료와 상담을 통해 자일러 부인이 일을 그만둔 것은 지극히 잘한 결정임을 확신할 수 있었다. 더 이상 정기적인 진료를 받지 않아도 될 만큼 부인의 건강 상태는 잘 유지되었다.

그 후 오랫동안 자일러 부인에 대한 소식을 듣지 못했는데, 어느 날 갑자기 외래 진료를 신청했다. 나는 혹시 좋지 않은 상황이 된 것은 아닐지 염려했다. 그러나 자일러 부인을 만나보니 그것은 기우에 불과했다. 부인은 단지 너무 오래 병원을 방문하지 않은 것이 마음에 걸려 외래 진료를 신청한 것이었고, 검진 결과 건강에 별 이상이 없는 상태였다.

그런데 환자 대기실에서 그녀를 진료실로 안내했을 때 조금 이상한 느낌이 들었다. 그녀가 들어서자 무언가 강한 냄새가 코끝을 자극했던 것이다. 그것은 강한 고양이 냄새가 같았다. 하지만 나는 내색하지 않으며 자일러 부인에게 밝게 인사를 건넸다.

"아주 좋아 보이시네요. 은퇴 후 생활이 도움이 된 것으로 생각됩니다."

"네 맞아요, 잘 지내고 있습니다. 선생님도 알고 계셨겠지만 제가 해오던 일에 애착이 많아서 처음에는 은퇴를 한다는 게 정말이지 두려웠답니다."

그녀는 봇물 터지듯 그간의 이야기를 쏟아냈다.

"갑자기 시간이 많아져서 페르시아 고양이를 기르기 시작했어요. 고양이 대회에 나가 상도 몇 차례 받았습니다. 새끼 고양이들이 태어나면 입양을 보냈는데, 반드시 어떤 가정인지 확인한 후에 보내주었죠. 언제 한번 저희 집에 오세요. 선생님께 저의 '고양이 천국'을 보여드리고 싶네요."

고양이는 내가 좋아하는 동물이 아니었기에 처음엔 조금 망설였으나 순간 조카 사라가 생각났다. 예전부터 고양이를 기르고 싶어 했던 사라의 모습이 떠올랐던 것이다. 그렇다면 고양이를 만나게 해주는 것이 사라에게 좋은 선물이 될 수 있지 않을까? 나는 자일러 부인에게 사라의 이야기를 하며 부인의 고양이 천국에 함께 방문하겠다고 약속했다.

자일러 부인의 집은 라인강 건너편 아름다운 숲속에 있었고, 커다란 정원을 지나면 산중턱에 조그만 방갈로가 있었다. 정원 대문에는 나무, 도자기, 돌로 만든 고양이들이 진열되어 있었고, 나뭇가지에 매달린 고양이 모빌이 바람에 날리고 있었으며, 곳곳에 고양이 그림들이 붙어 있었다.

고양이를 좋아하는 열두 살 소녀 사라는 기쁨의 환호성을 지르며 좋아서 어쩔 줄을 몰라 했다. 자일러 부인은 문을 열고 우리를 환영했다. 집 안에 들어서자 모든 것이 놀라웠다.

화장실을 제외한 모든 방의 문은 열려 있었다. 각각의 방에는 크기와 색상이 다양한 아름다운 페르시아 고양이 모형이 소파를 비롯해 작은 탁자, 쿠션 등 여러 곳에 예쁘게 놓여 있었다. 청색과 녹색의 크고 동그란 눈이 인상적인 고양이 모형들은 하나하나가 모두 사랑스러웠다.

자일러 부인의 고양이 천국에는 25마리의 고양이들이 보살핌을 받고 있었다. 그들의 부드럽고 긴 털은 햇살 가득한 공간에서 밝게 빛나고 있었다. 부인은 고양이들을 한 마리 한 마리 자랑스럽게 소개하면서 각자의 이름과 족보, 특징들을 알려주었다. 그녀가 이렇게 활기 넘치고 행복해하는 모습을 이전에는 결코 본 적이 없었다.

집 뒤쪽에는 울타리를 둘러 소중한 고양이들이 숲과 덤불에서 마음껏 뛰어놀 수 있는 공간을 마련해주었다. 그곳에는 특별히 눈에 띄는 세 가지 색상의 커다란 고양이 한 마리가 돌아다니고 있었다. 이 고양이에게 마음이 끌린 나는 부인에게 "저 삼색 고양이는 이름이 뭐죠?" 하고 물어보았다.

"저 아이의 이름은 오딘이에요. 제가 가장 아끼는 종묘 고양이죠. 독일 전체에 잘 알려져 있고 표창도 많이 받았답니다."

자일러 부인은 고양이들의 사육 과정과 각종 대회에서 받은 상들에 대해 열정적으로 설명했다. 벽에 걸린 수많은 메달과 증명서를 보고 나는 감탄하지 않을 수 없었다. 부인은 점점 더 쾌활해졌다. 오래전 생에 대한 의욕을 잃고 우울해하던 환자가 이렇게 활기 넘치며 전문 지식을 갖게 된 것이 믿기지 않을 정도였다.

집 안에서는 사실 강한 고양이 냄새가 연신 코를 찔렀다. 그녀가 과자와 음료를 내왔을 때 솔직히 부담스러운 느낌이 들었지만 한없이 행복해하며 따뜻한 대접을 해주는 성의를 거절하기는 불가능했다. 물론 고양이들을 살피는 데 정신이 팔려 있던 조카 사라에게는 그 어떤 것도 문제가 되지 않았다.

고양이를 갖고 싶어 하는 사라에게 자일러 부인은 커다란 푸른 눈의 작은 회색 새끼 고양이 한 마리를 보여주었다. 나는 그 고양이를 입양하려면 얼마를 지불해야 하는지 물어보았다. 부인에게 답을 듣고는 생각보다 큰 액수에 놀랐지만 사라에게 그 고양이를 사주겠다고 약속했다. 내가 놀라워하는 하는 것을 눈치챈 자일러 부인은 이렇게 말했다.

"나는 고양이를 키우고 때로는 입양을 보내기도 하지만 이 과정에서 돈은 전혀 벌지 않습니다. 돌보고, 먹이고, 수의사에게 진료를 받게 하고, 치료를 해주고…. 이 모든 것을 합하면 엄청나게 큰 금액이에요. 그러나 나는 기꺼이 이 일을 합니다. 고양이들은 나의 행복의 원천이며, 나로 하여금 삶의 의욕을 느끼게 하는 존재니까요."

이날 '고양이 천국'의 방문은 많은 것을 배우고 얻은 보람찬 시간이었다. 나와 조카 사라는 예쁜 페르시아 고양이를 가족으로 맞이하게 된 것을 기뻐하며 '다프네 폰 운트 추 하이델베르크'라는 이름을 지어주었다.

다프네(Daphne)는 여성의 이름, 폰 운트 추(von und zu)는
귀족의 칭호, 하이델베르크(Heidelberg)는 독일의 지명이다.

뿌리 깊은 나무는
바람에 흔들리지 않고

생명을 구한 개, 미아

"이곳에는 허영심이 없고 아름다웠으며,
사납지 않으면서 강했고,
인간의 악덕은 알지 못하면서
모든 미덕만을 가지고 있던 존재가
잠들어 있습니다."

조지 고든 바이런 경Lord George Gordon Byron의
반려견 무덤 묘비에 새겨진 글

나와 아내에게 한국으로의 여행은 언제나 특별한 의미가 있다. 아내는 40년 전 한국을 떠나 독일에 정착했지만 고향에 대한 향수, 가족에 대한 그리움은 여전히 남아 있다. 하지만 한국으로 여행할 기회는 많지 않았고, 특히 최근 몇 년 동안은 코로나19 전염병으로 인해 더욱 힘들었다.

머나먼 유럽에서 온 독일인에게 오랜만에 방문한 한국은 전혀 다른 세계로 다가왔다. 아내와 함께 한국 곳곳을 여행하며 새로운 것들을 보고 알아가는 모든 과정이 나에게는 즐거운 모험이었다.

서울에 있는 왕궁, 박물관, 문화유적, 현대적 시설들은 놀라움을 안겨주었고, 지방에서 만난 연꽃 가득한 연못과 정원, 사찰과 국립공원의 아름다운 빛과 색채는 깊은 인상을 남겨주었다.

서울에 머무는 동안은 아내의 자매, 친정 식구들과 함께 시간을 보냈고, 지방으로 여행을 가게 되면 젊은 조카와 조카의 딸들이 안내를 맡았다. 서울을 여행할 때마다 우리가 꼭 방문하는 곳은 아내의 가까운 친척인 전씨 아주머니 댁이다. 아내의 자매들이 모두 전씨 아주머니 집에서 모여 우리 부부와 함께 휴가를 보냈다. 전씨 아주머니의 집은 서울 남쪽에 위치한 남한산성의 숲속에 자리 잡고 있다. 남한산성은 2천 년 전 백제의 시조 온조왕이 처음 쌓은 것으로 추정되는 오랜 역사를 지닌 문화유산이다.

남한산성의 풍경과 멋지게 어울리는 널찍한 한옥은 내게 깊은 감동을 주었다. 아내의 친정집이 도심의 거대한 고층 아파트 단지에 있는 데 반해 이 한옥은 목재, 돌, 찰흙 같은 자연의 재료로 지어져 자연과 아름답게 조화를 이루었다.

이 집에는 '미아'라는 이름의 잡종견 한 마리가 있었는데, 우리는 이 개와 함께 산속 이곳저곳을 돌아다녔다. 개와 함께 산책하는 것이 우리에겐 무척 특별한 일이었다. 우리 부부는 개를 기르는 게 오랜 바람이었지만 그럴 수 없었기 때문이다. 독일의 우리 집은 고층 건물 8층에 있었는데, 그곳은 반려견을 키울 수 없게 되어 있었다.

전씨 아주머니에게 미아는 단순한 반려견이 아닌 자식과 다름없는 존재였다. 어려운 일들을 함께 극복한 그들의 사연을 알게 되었을 때 나는 마음 깊이 감동하지 않을 수 없었다.

수년 전, 평범한 일상을 보내던 그들에게 불행이 예고 없이 찾아왔다. 전씨 아주머니의 남편 민호 씨가 갑자기 세상을 떠난 것이다. 아주머니는 깊은 슬픔에 빠졌고, 미아 역시 마찬가지였다. 미아는 주인이 더 이상 존재하지 않는다는 사실을 인정하려 들지 않았다. 미아는 여러 날 동안 집 안 구석구석을 돌아다니며 주인을 찾았다. 정원과 주변을 샅샅이 뒤졌고, 민호 씨의 친한 친구가 살고 있는 집 앞에서 몇 시간이고 꼼짝 않고 앉아 있었다. 그러다가 풀이 죽어 돌아와서는 집 대문 앞에 하염없이 엎드려 있었다. 그리고 때때로 너무나 슬프게 울부짖었다.

자신도 슬픔을 견디기 어려웠지만 미아가 걱정되었던 전씨 아주머니는 미아에게 좋아하는 먹이를 준비해주고, 그녀의 안락의자 옆에 남편이 썼던 양모 담요를 깔아주었다. 그러자 미아는 이 자리를 새로운 안식처로 생각하며 안정을 찾기 시작했다. 그렇게 시간이 지나자 미아는 주인이 없어진 상황을 점차 받아들이는 것 같았다.

남편이 세상을 떠난 후 그들이 살던 집은 아주머니에게 너무나 넓게 느껴졌다. 자식들은 슬픔을 딛고 각자의 삶을 찾아가고 있었다. 마을에 친구와 지인들이 있었지만 그래도 외로웠다. 텅 빈 집에서 오직 미아만이 그녀에게 위안을 주었다.

전씨 아주머니는 어린아이를 입양하기로 결심했다. 다섯 살짜리 여자아이 '소라'가 새로운 가족이 되자 집에는 다시 생기가 돌기 시작했다. 매일 새롭게 할 일이 생긴 아주머니는 활력을 되찾았다. 소라는 아주머니를 '할머니'라고 부르며 잘 따랐고 전씨는 아이를 정성껏 돌봤다. 그리고 소라와 미아는 둘도 없는 단짝이 되었다.

전씨 아주머니는 미아와 함께 집에서 30분 거리에 있는 남편의 산소를 하루도 거르지 않고 매일 찾아갔다. 민호 씨가 잠들어 있는 묘지엔 그녀가 놓고 간 싱싱한 꽃들이 늘 놓여 있었다. 음력으로 새로운 한 달이 시작되는 첫째 날, '초하루'는 불자들에게는 특별한 날이다. 아주머니는 매달 초하루면 여러 가지 음식과 떡을 마련해 남편 산소에 올렸다. 그리고 그동안 있었던 소소한 일들을 남편에게 알려주며 마음속으로 대화를 나누었다.

"어제는 큰애가 싱가포르에서 전화를 했어요. 잘 지내고 있답니다. 두 손자들도 학교 잘 다니고 있고요. 서준이가 이번에 콩쿠르에서 상을 받았다네요. 그리고 작은애는…."

그렇게 몇 달의 시간을 보낸 후 또다시 새로운 초하루가 다가오자 전씨 아주머니는 전날 저녁 남편이 좋아하던 떡을 만들었다. 그리고 다음 날 아침 미아와 함께 준비한 떡을 가지고 산소로 향했다. 정성껏 만든 떡의 절반은 한국의 풍습에 따라 가는 도중에 만나는 이웃들에게 나눠주었다. 산소에 도착한 그녀는 남편이 묘지에 묻힐 때 심었던 나무와 묘비를 바라보았다. 비석에는 이런 글이 새겨져 있었다.

뿌리 깊은 나무는 바람에 흔들리지 않고,
폭풍 속에서도 굴하지 않으며 견뎌낸다.
저 깊은 곳에서부터의 강인함이,
아름다운 꽃과 소중한 열매를 키워낸다.
애정과 자비의 힘으로….

비문을 읽을 때면 그녀는 쏟아지는 눈물을 참기 힘들었다. 간신히 감정을 추스르고 가져온 떡을 한 조각 먹은 뒤 나머지는 작은 조각으로 나눠 무덤 주위에 뿌리며 늘 그랬듯 남편에게 말을 건넸다.

"자식들과 손자들, 그리고 저희 가족 모두에게 건강과 행운을 주세요! 미아에게도요. 미아는 이제 더 이상 우리 집에서 가장 어린 나이가 아니에요."

아주머니가 무덤 앞에 서 있는 동안 미아는 떡 부스러기를 쪼아먹고 있는 새들을 조용히 바라보았다. 새들이 떡 부스러기를 거의 다 먹었을 때 미아는 이제 그만 가자는 신호로 전씨를 슬쩍 건드렸고 둘은 집으로 향했다.

전날 밤 비가 내린 탓에 내려가는 길은 몹시 미끄러웠다. 조심조심 걸었지만 결국 전씨 아주머니는 좁은 산길에서 그만 넘어지고 말았다. 미아는 곧바로 그녀에게 뛰어와 큰 소리로 짖어댔고, 그 소리에 그녀는 간신히 정신을 차릴 수 있었다. 하지만 참기 힘든 통증이 밀려와 도저히 일어설 수 없었다. 이른 아침이라 산길을 지나는 사람은 전무했고, 누구에게도 도움을 요청할 수 없었다. 아주머니는 미아에게 힘없이 말했다.

"미아야, 얼른 집에 가서 윤씨 아주머니를 데려와줘!"

미아는 마치 알아들었다는 듯이 집을 향해 쏜살같이 달려갔다. 크게 짖으면서 집으로 달려 들어간 미아는 윤씨 아주머니의 옷을 물고는 필사적으로 잡아끌었다. 윤씨 아주머니는 전씨 아주머니에게 무슨 일이 생겼음을 직감할 수 있었고, 주변의 마을 사람들과 함께 미아를 따라 나섰다. 미아의 안내로 사고 현장에 도착한 일행은 다친 채 신음하고 있는 아주머니를 발견했고, 조심스레 그녀를 마을로 데려와 곧바로 병원으로 이송했다.

병원에 도착해 확인해보니 갈비뼈 세 개가 부러져 있었는데 만약 미아의 도움으로 즉시 구조되지 못했으면 생명까지 위험했던 상황이었다. 부러진 갈비뼈 하나가 폐를 손상시켰을 뿐만 아니라 가슴 부위에 출혈을 발생시켰기 때문이었다. 갈비뼈 골절로 인한 이 같은 출혈은 합병증을 일으켜 폐 기능을 마비시킬 수도 있었다.

긴급하게 수술을 받은 전씨 아주머니는 얼마 후 회복해 퇴원할 수 있었다. 그녀가 입원해 있는 동안 미아는 밤낮으로 신음하듯 울면서 대문 앞에 머물러 있었다. 미아를 걱정해 이웃 사람들이 가져다준 먹이는 조금도 건드리지 않았다.

그 후 오랫동안 마을 사람들은 미아가 보여준 충성심 그리고 아주머니가 집으로 돌아오던 날 마을에 울려 퍼졌던 사람들의 환호성과 기쁨에 찬 미아의 울부짖음에 대해 이야기했다. 이 감동적인 이야기는 지금은 물론 앞으로도 오랫동안 기억될 것이다.

뿌리 깊은 나무는 바람에 흔들리지 않고

낙소스의 앵무새

코코와 야니스 그리고
그들의 놀라운 공생 관계

"민족의 위대함과 그 도덕적인 수준은
그 민족이 동물을 어떻게 대하느냐로
판단할 수 있습니다."

마하트마 간디Mahatma Gandhi

지중해의 바람이 부드럽게 불어오는 청명한 아침, 우리가 탄 배는 천천히 부두에 다가갔다. 아침 안개 속에서 밤 작업을 마치고 돌아오는 고기잡이 배들이 보였다. 디오니소스 신화의 섬 낙소스(Naxos)에 도착한 것이다. 에게해의 숨은 보석 같은 아름다운 이 섬에 정박하자 태양 속에서 빛나는 하얀 집들이 눈에 들어왔다. 기다리고 있던 섬 주민들은 큰 소리로 환호하며 우리의 배를 맞이했다.

부두의 끝에는 남루한 행색의 거지가 쭈그리고 앉아 있었다. 그의 옆에는 커다란 녹슨 새장이 있었고, 새장 위에는 하얀 얼굴과 붉은 꼬리의 회색 앵무새가 앉아 있었다. 그들 앞에는 찌그러진 양철통이 놓여 있고 거지는 커다란 밀집모자를 쓰고 있어 얼굴이 가려져 있었다. 지나가는 사람이 양철통에 동전을 던져주자 그는 고개를 끄덕였고, 앵무새는 "감사합니다", "좋은 아침 되세요" 하며 인사했다.

나 역시 동전을 넣으며 거지와 앵무새를 유심히 살펴보았다. 햇볕이 너무 뜨겁게 내리쬔다 싶었는지 거지는 앵무새를 새장 안에 넣고 문은 열어둔 채 망가진 우산을 펼쳐 햇볕을 가려주었다. 그사이에 나는 구릿빛으로 탄 그의 거친 얼굴을 볼 수 있었다.

그날 오후 나는 바실리를 만나러 갔다. 몇 년 전 낙소스를 처음 방문했을 때 뒷골목에 숨겨진 작은 선술집을 알게 되었는데, 그곳의 주인 바실리는 직접 요리를 하고 부인과 두 딸이 서빙하며 가게를 운영하고 있었다. 편하고 즐거운 분위기에 음식도 훌륭해서 낙소스에 갈 때마다 나는 이 선술집을 꼭 들르곤 한다. 이 집의 단골들은 마치 한 가족과도 같았다. 단골들은 바실리가 요리하는 음식들을 살펴본 뒤 원하는 것을 자유롭게 부탁한다. 처음 만났을 때 바실리와 나는 금방 친해져 많은 얘기를 나누었다.

"몇 년 동안 독일 노르트라인-베스트팔렌주의 루르 항구에서 요리사, 택시 운전수, 건설 현장 막노동꾼으로 지냈지요." 그는 능청스레 웃으며 이야기했다. 골목 선술집은 상속받은 것이며 친구들과 함께 개조해 꿈을 실현한 것이란다. 가끔씩 그의 친구가 '부주키'라는 그리스 전통 현악기를 들고 나타나 연주를 하면 바실리는 그에 맞춰 옛날 민요를 부르기도 한다. 그러면 곧바로 분위기가 달아올라 손님들 모두가 함께 노래를 부르며 작은 선술집이 흥겨움과 정겨움으로 가득해진다.

오랜만에 방문한 그날은 이른 초저녁이라 아직은 조용했다. 바실리의 딸은 나를 보자 꽃이 활짝 핀 화분을 내가 앉은 테이블 위에 올려주었고, 이어서 온 가족이 나와 환영해주었다.

"어서 오세요, 박사님. 진작부터 기다리고 있었습니다."

웃으며 자리에 앉은 나는 오매불망 기다리던 그리스산 백포도주 한 잔을 주문했다. 그때였다. 부두에서 보았던 거지와 앵무새가 선술집에 들어오더니 자리를 잡고 앉는 것이 아닌가. 그는 앵무새가 들어 있는 녹슨 새장은 옆에 있는 의자 위에, 오래된 양철통은 탁자 위에 놓은 뒤 밀집모자를 벗었다. 숱이 많은 회색 곱슬머리는 어깨에 닿을 만큼 길었다.

그를 본 바실리는 반가운 듯 뛰어나와 공손히 인사한 후 적포도주 한 잔과 올리브, 치즈를 담은 접시를 내왔다. 앵무새는 과자 한 조각을 맛있게 먹었고, 이어서 바실리의 딸이 해바라기씨를 담은 접시를 새장 안에 넣어주었다.

"저 사람은 야니스라고 해요."

궁금해하는 내 모습을 본 바실리가 살짝 얘기해주었다. 잠시 후 선술집은 활기찬 기운이 찾아들기 시작했다. 테이블은 순식간에 꽉 찼고, 손님들의 관심은 쾌활하고 말을 많이 하는 앵무새에게 쏠렸다.

손님들은 자리에 앉으며 앵무새 앞에 놓인 양철통에 동전을 넣었고, 아이들은 바실리의 가게에서 파는 아이스크림을 핥으며 새장 주위로 몰려들었다. 앵무새 덕분에 부모들은 편하게 먹고 마실 수 있게 되었다.

아이들은 "코코, 코코" 하고 소리쳤다. '코코'가 앵무새의 이름인 듯했다. 코코가 멋진 곡조로 휘파람을 불거나 재미있는 욕지거리를 꽥꽥거리며 말할 때마다 아이들은 큰 소리로 깔깔거리며 즐거워했다. 앵무새는 항구에서 들려오는 시끄러운 소리들을 흉내내기도 했고, 그리스산 독주를 가져오라고 소리 지르기도 했다. 야니스는 앵무새 코코를 새장 위에 올려놓고 쓰다듬어주었다.

코코는 사람들에게 즐거움을 주기도 했지만, 마음에 들지 않는 상황에서는 낯설어하기도 했다. 한 어린아이가 자기의 이름을 가르쳐주려고 "나는 아나스타샤야! 아나스타샤!"라고 외쳤을 때는 따라 하기 힘들었는지 딴청을 피우며 모른 척했다. 한 반바지 차림의 관광객이 올리브 열매가 든 접시를 들고 갑자기 다가갔을 때는 머리를 깃털 속에 숨겨버리기도 했다. 갑작스러운 행동이 앵무새의 신경을 거슬리게 했던 것일까? 야니스는 몸짓으로 그 관광객에게 멀리 떨어지도록 요구했다. 관광객은 민망해하며 뒤로 물러났다. 지켜보던 바실리의 딸은 터져 나오는 웃음을 참지 못했다.

나는 그날 밤을 마음껏 즐겼고, 다음 날 점심 시간에 골목 선술집을 다시 방문했다. 바실리는 커피를 마시며 어제저녁의 두 단골손님 야니스와 앵무새의 얘기를 들려주었다. 낙소스에서 태어난 야니스는 20년 전까지만 해도 작은 범선의 공동 소유자였다. 오랜 기간 키클라데스제도에서 어부로 일하며 안정적으로 살았는데 어느 날 음주 상태에서 그만 선박 사고를 내고 말았다. 야니스는 유죄 판결을 받은 뒤 전 재산을 잃고 고향으로 돌아왔다.

야니스는 도시 변두리에 있는 헛간에 거주하며 임시 노동자로 살고 있었다. 이 헛간도 나이 든 부인이 그를 배려해 사용하도록 허락해준 것이었다. 부인의 이름은 크세니아였는데, 그녀는 동물 보호 단체에서 맡긴 앵무새 한 마리를 돌보고 있었다.

크세니아 부인이 처음 맡았을 때 앵무새 코코는 한쪽 날개가 부러져 있었고 매우 공격적이었으며 자기의 깃털을 뽑는 버릇이 있었다. 이 같은 행동은 만성 감염 또는 공포심이나 고독감 같은 정신적 문제가 원인이었다. 홀로 지내던 크세니아 부인 역시 고독했고, 동반자를 필요로 했기에 코코를 인내와 사랑으로 돌봐주었다. 그리고 마침내 똑똑하고 공감 능력도 탁월한 회색 앵무새와 인간 사이에 아름다운 우정이 싹트게 되었다.

마을 사람들 사이에는 크세니아 부인과 앵무새 코코에 대한 이야기가 돌기 시작했다. 부인이 코코를 마치 아기처럼 자상하게 쓰다듬어주고, 느린 곡조의 감성적인 사랑 노래를 불러주며, 맛있는 음식들을 먹인다는 이야기였다. 실제로 코코의 식단에는 꽃봉오리, 꽃잎, 채소, 과일, 견과류들이 있었다. 부인의 이름 크세니아는 '손님을 후하게 대접하는'이라는 뜻을 가지고 있었고, 부인은 코코에게 그 이름처럼 따뜻한 마음을 베풀었다. 코코는 서서히 건강을 회복했다. 부러진 날개는 치료되었고, 부인을 믿게 되면서 성격도 온순해졌다. 깃털을 물어뜯는 일도 점차 사라졌다.

그리고 코코는 말하기를 시작했다. 사람들은 크세니아 부인의 집 앞을 지나면서 부인과 앵무새가 때로는 부드럽게, 때로는 활기차게 말하는 것을 들을 수 있었다. 부인은 몇 개의 단어들을 반복해서 말해주고, 읽어주고, 이렇게 저렇게 단어를 바꿔가며 얘기했다. 마을에서 일어난 일을 얘기해주는 것뿐만 아니라 휘파람, 콧노래, 혀 차는 소리, 꿀꿀거리는 소리 등을 들려줬다. 코코가 반응을 보이며 대답하거나 소리를 흉내 내면 크세니아 부인은 기쁨에 넘쳐 웃었고, 그러면 코코도 따라 웃었다. 코코는 부인에게 커다란 기쁨이었다.

코코는 자주 집 주변을 날아다녔다. 크세니아 부인은 집 둘레의 땅에 나무와 종이를 쌓아두었는데, 이것은 코코가 이 무더기를 할퀴거나 물어뜯을 수 있도록 한 것이었다.

야니스가 크세니아 부인 집에 있는 헛간으로 이사 왔을 때 크세니아와 코코는 서로에게 헌신적인 공동체가 되어 있었다. 크세니아가 이 새로운 세입자를 저녁 식사 자리에 부를 때면 코코는 야니스를 침입자로 여겼다. 야니스가 코코에게 다가가면 그를 쪼려 했고, 크세니아가 야니스와 대화를 나누면 까마귀 소리를 내거나 날카로운 휘파람 소리를 내며 그들의 대화를 중단시켰다. 코코가 야니스를 인정하고 받아들이기까지는 몇 개월의 시간이 걸렸다. 마침내 작은 초콜릿 조각을 얻으려 코코가 야니스의 어깨에 앉게 되자, 셋은 서로를 보호해주는 작은 가족 구성원이 되었다.

연로한 크세니아 부인은 세상을 떠나면서 야니스에게 그녀의 낡은 집과 앵무새를 상속했다. 그리고 야니스에게 코코를 돌봐달라고 유언을 남겼다. 야니스는 기꺼이 받아들였고, 코코는 이제 야니스의 평생 동반자가 되었다. 야니스가 부둣가로 코코를 데리고 나가면 사람들은 즐거워하며 모여들었다. 사람들은 기꺼이 양철통 속으로 돈을 던져 넣었다. 앵무새는 청중이 무엇을 즐거워하는지 알고 있는 듯 보였다. 때로는 휘파람으로 노래를 불렀고, 때로는 항구에서 들었던 욕지거리들을 따라 했으며, 젊은 여성들에게는 "아름다운 아가씨", "나는 당신을 사랑해요"라는 인사를 했다. 그러면 주변에서는 놀라움과 행복 가득한 웃음이 쏟아졌다.

코코는 사람들 가운데에 있는 것을 좋아했다. 어느 날 야니스가 코코와 함께 바실리의 술집에 나타나자 둘은 대환영을 받았다. 앵무새가 손님들을 끌어 모은다는 것을 잘 아는 바실리는 야니스와 코코를 환대하지 않을 이유가 없었다. 야니스 역시 관광객들이 몰려드는 곳과는 떨어져 있고 대부분의 손님이 섬 토박이인 골목 속의 선술집을 좋아했다. 야니스와 코코는 선술집에서 소중한 존재가 되었고, 둘은 언제라도 필요한 것들을 요청할 수 있었다.

나는 그 후로도 여러 차례 그곳에서 즐거운 저녁 시간을 보냈다. 휴가가 끝날 무렵 아쉬운 마음으로 낙소스와 작별하며 조만간 꼭 다시 오겠다고 결심했다. 다음에 만나면 코코가 내 이름을 기억할지 궁금하다. 설사 기억하지 못한다 한들 어쩌랴. 우리가 다시 만날 수 있는 시간은 충분히 남아 있을 것이다. 회색 앵무새는 인간의 보호를 잘 받으면 60세까지 산다고 하지 않는가?

달팽이 요법

자폐 스펙트럼 어린이들을
매혹시키는 느림의 미학

"말하지 않는 친구들과의 대화는
최고 형태의 소망이다."

프랑수아 트뤼포François Truffaut

어느 날 나는 다음과 같은 메일을 받았다.

> 존경하는 교수님!
> 교수님께서 저와 직원들에게 보내주신 메일을 읽고
> 매우 기뻤습니다. 교수님께서도 저희들이 운영 중인 치료교육
> 시설에 깊은 관심을 갖고 계시는 것을 알 수 있었습니다.
> 정신의학계와 진료소에는 잘 알려져 있지만, 일반인들은
> 자폐 스펙트럼 장애의 증상과 치료법에 대해 잘 모르는 게
> 현실입니다. 저명한 잡지를 통해 저희 시설을 소개해주셔서
> 감사드리며, 가까운 시일 내에 교수님께서 저희 치료교육
> 센터를 방문해주시길 정중히 초청드립니다. 감사합니다.
>
> 자비수녀회 치료교육 센터장
> 아네그레트 바우어 드림.

일주일 전 나는 흥미로운 기사를 읽었다. 포도 농장에서 키우는 식용 달팽이를 이용해 자폐 스펙트럼 장애를 갖고 있는 아들의 증상을 성공적으로 개선한 사례였다. 국제 질병 분류에서는 자폐 스펙트럼 장애를 이렇게 설명한다.

"자폐 스펙트럼 장애는 심각한 발달장애이며, 사회적·정서적 영역에서 많은 어려움을 안겨준다. 그들은 유대 관계를 맺지 못하고, 틀에 박힌 집착적 행동 패턴을 나타내며, 나아가 공포증·강박 행동·수면 및 섭식 장애·공격성과 분노 폭발·자해 행위 등의 문제에 빠지기도 한다. 이들 환자의 지적 수준은 고지능부터 저지능까지 매우 다양하며, 지적 능력이 떨어지는 경우 증상이 더욱 심각하다. 이 같

은 발달장애는 세 살 이전부터 나타나며 성인 연령에 이를 때까지 계속돼 완치되기 힘들다."

자폐 스펙트럼 장애가 있는 어린이와 청소년들은 부모에게 극복하기 힘든 어려움을 안겨준다. 특히 증상이 심할 경우 가족 내에서 이들 환자를 포용하며 지내는 것은 거의 불가능하다. 부모와 가족들은 마음이 아프겠지만 아이를 치료교육 시설로 보내 치료와 돌봄을 받아야 한다.

달팽이를 이용한 치료 효과를 직접 확인하기 위해 타우누스 (Taunus: 독일 중부 헤센주에 있는 낮은 산맥의 숲 지대)에 있는 치료교육 센터를 방문했다. 숲속에 펼쳐진 넓은 부지에 자리한 치료 센터는 두 동의 큰 건물과 작은 집들로 구성되었으며, 높은 담장과 출입문으로 보호되고 있었고, 내부에는 놀이 시설과 운동 시설 등이 잘 갖춰져 있었다.

이곳의 책임자인 바우어 센터장은 나를 친절하게 맞아주었고, 차를 마시는 동안 센터에 대해 설명해주었다. 이곳에서는 6세부터 16세까지의 자폐 스펙트럼 장애 환자 35명을 돌보고 있는데, 증상 정도와 지적 수준은 개인별로 차이가 많다고 했다. 그들 중 네 명은 지능지수 135 이상의 아스퍼거 증후군▬ 환자로 놀라운 지적 능력을 가지고 있어 이들을 '작은 아인슈타인'이라고 부른다고 했다.

환자들은 열세 살까지는 건물 내의 시설에서 지내고, 이후에는

▬ (역자 주) 자폐 스펙트럼 장애의 일종으로 일반 자폐증과 달리 의사소통에 큰 문제가 없으며, 특정 주제에 격렬히 몰두하는 경향이 있다.

개별 단독주택에 작은 그룹으로 나눠 생활한다. 직원들은 치료교육 및 특수교육 전문가, 초등학교와 중학교 교사, 치료사, 돌보미들로 구성되어 있고, 인근 도시의 정신의학과 전문의들과 연계해 환자들을 돌보고 있었다.

놀라운 것은 자폐 환자들을 위한 교육과 프로그램들이 매우 다양하며 대학병원에서 제공하는 첨단 수준의 과학적인 치료법을 적용한다는 것이었다. 정신과 치료와 약물치료, 행동치료, 언어 이해와 표현 능력 향상, 주의력 증진, 모방 행동의 구축 등을 체계적으로 병행하고 있었고, 가능한 경우에는 학업 능력을 키우기 위한 교육도 제공하고 있었다.

특히 중요하게 여기는 것은 일상생활 훈련으로 독립성 획득을 목표로 삼는다. 가장 어려운 과제는 집단 내에서의 사회적 판단 능력을 키우는 훈련이다. 이러한 과제는 자폐 스펙트럼 환자뿐 아니라 모든 사람의 영원한 숙제이기도 하다.

바우어 센터장은 얼마 전에 도입한 달팽이 치료법에 대해 설명해주었다. 치료 대상자는 6세, 7세, 8세의 어린이 환자들인데, 모두 중증 발달장애를 가진 상태에서 입소했다. 그들은 밤낮으로 소리를 지르고, 끊임없이 이리저리 뛰어다녔으며, 닫힌 문을 두드리는 등 잠시도 가만히 있지 않았다. 치료 센터에서는 어린이들을 진정시키기 위해 우선 약물치료부터 시작했다. 그리고 여러 치료 과정을 거치면서 점차 약물의 양을 줄였으며, 지금은 아주 적은 양의 약만 복용하고 있다고 한다.

치료실로 가는 복도는 매우 밝았으며 주위에 아무것도 눈에 띄지 않았다. 환자들에게 어떠한 자극도 주지 않기 위해 그림, 화분, 의자 같은 것들을 비치하지 않는다고 한다. 자폐 스펙트럼 환자들은 아주 적은 자극에도 불안해하고, 공격적으로 반응하며, 자제력을 잃기도 하기 때문이라고 한다.

우리의 목적지인 '7번 치료실'에 도착했다. 밝고 차갑게 느껴지는 텅 빈 넓은 방으로 들어갔다. 한가운데에 크고 둥근 유리 탁자와 의자가 있었고, 벽에는 양서류나 파충류, 식물 등을 기르는 유리로 된 테라리움이 있었다.

두 명의 치료사, 세 명의 어린이 그리고 열다섯 살의 소년 팀이 함께 있었다. 팀은 아스퍼거 증후군 환자로 4년째 치료 센터에서 생활하고 있었고, 내년에 퇴소가 예정되어 있다고 한다.

세 어린이는 우리에게는 전혀 눈길조차 주지 않은 채 자리에 가만히 앉아 살짝 흥분된 표정으로 팀을 바라보고 있었다. 팀은 세 마리의 커다란 식용 달팽이를 테라리움에서 꺼내 아이들의 손바닥 위에 올려놓았다. 달팽이마다 달팽이 집(껍데기)에 다른 모양의 점들이 표시되어 있어서 아이들은 자기 달팽이를 쉽게 찾을 수 있었다.

아이들은 차분히 앉아 자기 달팽이를 조심스럽게 유리 탁자 위에 내려놓았다. 그리고 정신을 집중해 달팽이가 천천히 기어다니는 것을 관찰하기 시작했다. 한 아이는 유리 탁자 아래에서 자기 달팽이가 기어간 점액의 흔적을 살펴보기도 했다.

방 안은 쥐 죽은 듯 조용했다. 팀은 세 어린이에게 약간의 모래, 작은 돌멩이, 작은 나무 블록을 건네주었고, 어린이들은 이것들을 탁자 위에 늘어놓았다. 어린이들과 달팽이들이 어떻게 할지 몹시 궁금해졌다.

세 아이는 각자 자기의 달팽이를 너무나 평온하고 느긋하게 관찰하고 있었다. 이 방에 오기 전 바우어 센터장이 아이들의 상태에 대해서 얘기했던 것을 생각하면 도저히 믿을 수 없는 광경이었다. 제일 어린 아이가 자기 달팽이의 더듬이를 손으로 톡톡 치자 달팽이는 금방 집 속으로 쏙 들어갔다. 아이는 즐거워하며 작은 손을 흔들었다. 한 달팽이가 주인에게서 멀어지며 엉뚱한 쪽으로 기어가자 그 달팽이의 주인인 어린이는 조용히 달팽이를 원래 자리에 되돌려 놓고 달팽이가 남긴 점액 자국을 닦아냈다. 그러고는 자기 달팽이가 또다시 자리를 벗어나지 못하도록 달팽이 주변에 둥글게 높은 담을 만들고, 재빨리 테라리움에서 상춧잎을 한 장을 꺼내와 달팽이에게 내밀었다. 마치 달팽이를 달래고 있는 것 같은 모습이었다. 나는 내가 본 것에 매료되었다.

나중에 바우어 센터장은 이렇게 이야기했다.

"만약 치료사가 실수로 달팽이를 잘못 배정해준다면 어린이들은 엄청 괴로워할 겁니다. 그럴 경우 어린아이들이 자제력을 잃고 분노하는 일이 생길 수도 있어요. 하지만 우리는 이 또한 긍정적으로 보아야 하며, 좀 더 포용력을 가질 수 있도록 애쓰고 있습니다. 세 아이들은 자기의 달팽이와 연대감을 구축했고, 책임감을 느끼고 있지요. 시간이 지나면 달팽이가 누구의 소유인지 알기 위해 표시해둔 점들을 없앨 수 있을 거예요."

나는 아스퍼거 증후군 소년 팀에 대해서도 깊은 인상을 받았다. 종종 자폐 스펙트럼 환자들은 '왕자님 외모'를 갖고 있다고 말하는데, 이 소년이야말로 그 말이 정확히 들어맞았다. 그는 큰 키와 아름다운 얼굴, 밝은 금발의 멋진 소년이었다. 팀은 어린이들의 달팽이 치료에 보조원 역할을 하며 도움을 주고 있었다.

그는 잠시도 한눈을 팔지 않았다. 바우어 센터장은 팀이 컴퓨터를 분해했다가 정확하게 재조립하는 일을 계속해서 반복했고 게임을 설계하기도 했다며, 뛰어난 재능을 타고난 아이라고 말해주었다.

"그를 컴퓨터로부터 떼어내서 이 일에 적응시키는 것은 간단치 않았습니다"라고 바우어 센터장은 얘기했다. 하지만 그는 이제 누구보다 성실하게 일하고 있었다. 매일 테라리움을 깨끗이 청소한 후 달팽이들을 위해 싱싱한 상추를 넣어주고, 물 그릇을 닦아 새로운 물을 채워준다. 테라리움 안의 온도와 습도가 적절하게 유지되도록 세심하게 관리하는 것도 팀의 역할이다. 팀은 두 마리의 커다란 달팽이를 자기 것으로 표시해두고 이들을 별도로 관리한다. 어린이들은 치료 과정에서 팀을 따르고 존경하게 되었으며, 이따금 팀이 없을 경우에는 실망하는 기색이 역력하다고 한다.

바우어 센터장은 달팽이 치료법에 관한 많은 연구 사례가 있으며, 특히 노인 치매 환자나 어린이 ADHD(주의력 결핍 과잉행동 장애) 환자들에게 좋은 성과를 내고 있다고 말했다. 달팽이의 어떤 면이 이런 성과를 내는 것일까?

달팽이는 주위 환경이 아주 고요하고 안전하다고 느낄 때에만 집에서 나와 조심스럽게 기어다닌다. 참을성 있는 관찰자에게 이것은 매력적인 보상이다. 달팽이가 신중하고 조심스럽게 자기들의 점액 흔적 위를 기어가며 더듬이로 방향을 잡아가는 모습은 그 자체로 매혹적이다. 어린이들은 편안한 상태로 조용히 해야만 달팽이들이 천천히 움직이는 것을 보고 관찰할 수 있다. 달팽이는 생김새가 매우 독특하고, 성질이 예민하기 때문에 어린이들이 이들을 만질 때는 아주 조심해야 한다.

치료교육 센터 방문을 통해 달팽이가 중증 발달장애 어린이들에게 어떠한 변화를 일으킬 수 있는지 생생하게 경험했다. 어린이들은 편안해졌고, 새로운 흥미에 눈뜨게 되었으며, 집중력과 자제력, 관찰력을 갖고 다른 생명체와 교감할 수 있었다. 이 치료법은 감정적 유대 관계를 구축하고 사회적 활동을 하는 데 분명 도움을 주고 있었다. 나는 달팽이를 전혀 다른 눈으로 보게 되었으며, 무한한 존경의 마음으로 이들을 관찰하게 되었다.

편지 배달 챔피언 비둘기

열정과 기쁨에 가려진
뜻하지 않은 위험성

"동물은 말하지 못하는 우리의 친구이며,
우리의 가족입니다. 우리는 그들에게
존경과 사랑을 주어야 합니다."

조지 버나드 쇼 George Bernard Shaw

존더만 박사는 정부의 고위 공무원으로 세련된 정장에 화려한 넥타이를 매고 다니는 멋쟁이였다. 그가 어느 날 갑자기 수척한 얼굴로 병원 외래 진료실을 통해 나를 찾아왔다.

"교수님, 얼마 전부터 몸이 좋지 않습니다. 고열이 있고 두 번이나 거의 탈진 상태가 되었어요."

그는 격렬한 기침을 내뱉으며 힘겹게 말했다. 나는 조심스럽게 그의 기침, 창백한 얼굴, 푸르스름하게 변한 입술을 살펴보았다. 증상을 보니 폐렴 초기가 의심되었다.

"교수님, 2주 후 미국으로 중요한 출장을 가야 하는데, 약 처방을 부탁드립니다."

"존더만 박사, 서두르면 안 됩니다. 폐렴은 심각하게 받아들여야 하는 병이에요. 당장 입원해서 정확한 진단을 받고 그에 맞는 치료를 해야 합니다."

나의 설득에 그는 마지못해 동의했고, 입원해 집중적인 항생제 치료를 받은 후 예정했던 출장을 떠날 수 있었다.

그로부터 2개월 후 그는 전보다 훨씬 악화된 상태로 병원에 다시 찾아왔다. 나는 또다시 그를 즉시 입원시켰다. 이번에도 역시 폐렴이었다. 박테리아, 진균, 바이러스 등 원인 균을 찾기 위해 검사를 했으나 어떤 것도 확정할 수 없었다. 반복되는 부정기적인 발열, 발작 및 폐렴의 원인을 찾을 수 없었다.

일주일 동안 치료를 받은 뒤 그는 퇴원해 직장으로 복귀했다. 하지만 그 후 두 차례의 발작이 더 있었고, 다행히 모두 성공적으로 치료할 수 있었다. 반복되는 폐렴이 신경 쓰였던 나는 존더만 박사와 면담을 할 때 그동안 어떻게 지냈는지 알려달라고 했다.

"연초에는 아내와 스키 여행을 갔었고, 5월에는 마지오레(Maggiore: 스위스 남부 휴양지)에서 멋진 2주일을 보냈습니다."

이상한 일이었다. 원인을 찾을 만한 별다른 사유가 없었다. 존더만 박사는 중세 시대 장원(莊園)이었던 곳의 고성(古城)에 살고 있는데 혹시 이 오래된 집에 원인이 있는 것 아닐까? 만약 그렇다면 다른 가족들도 유사한 증상을 보여야 했는데 그렇지 않았다. 존더만 박사가 체스 마니아임을 알기에 그의 집을 살펴볼 겸 한번 방문해 체스를 두면 어떻겠느냐고 물었더니, 좋아하며 나를 집으로 초대했다.

흐린 일요일 오후, 나는 존더만 박사의 집에 도착했다. 안개 속에서 웅장하게 드러난 그의 멋진 저택은 감탄을 불러일으켰다. 체스를 두기 전, 존더만 박사는 오래된 사진첩들을 보여주었다. 사진 속에서는 1920년대의 농가, 시골 주민들, 개, 말, 고양이 같은 동물들을 볼 수 있었다. 특별히 그가 아끼는 사진첩은 1930년대의 앨범으로 석탄 광산에서 촬영한 사진들이 있었다.

"이 앨범은 할아버지가 물려준 것으로 저의 최고 보물입니다."

지하 갱도 안에서 새까만 얼굴과 헬멧, 램프가 빛나는 빛 바랜 사진, 비둘기와 카나리아 같은 새들의 사진에 매료된 나는 박사의 설명에 귀를 기울였다. 그의 할아버지는 폴란드 혈통으로 광부로 일했었고, 어린 시절 루르 지방을 자주 방문했다고 한다. 이 같은 그의 가족적 배경과 그가 '편지 배달 비둘기'에 깊은 관심을 갖고 있는 것을 처음으로 알게 되었다.

"비둘기는 영리하고 충성스러운 하늘의 전령입니다. 갱도 안에서 태양과 푸른 하늘을 꿈꾸는 광부들에게 희망을 주는 매우 중요한 존재였죠. 그들은 주인을 절대 실망시키는 법이 없어요."

존더만 박사는 비둘기에 대한 애정과 그의 어린 시절에 대한 이야기를 들려주었다.

"할아버지와 많은 시간을 함께 보냈고 많은 것을 배웠으며 자연스럽게 할아버지의 사랑과 열정에 대해 알게 되었습니다."

할아버지는 손자에게 비둘기에 관한 모든 것을 가르쳐주었다. 지붕 밑 비둘기 집 앞에서 할아버지와 어린 손자가 함께 웃는 모습의 사진을 보니 그들의 깊은 유대감이 느껴졌다.

"할아버지는 광적인 축구 팬이었습니다. 말년에 걷기 힘들게 되자 축구 경기장에 가는 이웃분에게 비둘기를 딸려 보내기도 했죠. 비둘기가 경기 결과를 즉각적으로 할아버지에게 알려주도록 한 거예요. 비둘기 발톱에 묶인 쪽지에는 경기 결과가 적혀 있었죠."

언제나 세련된 정장 차림에 말끔한 외모의 그가 비둘기 사육자일 거라는 것은 상상조차 해본 적이 없었다.

"제가 키우고 있는 비둘기 중 두 마리가 세계 챔피언, 한 마리가 독일 챔피언입니다. 세계 챔피언 한 마리는 얼마 전 판매했고요."

나는 존더만 박사가 앓은 폐렴의 실체를 파악할 수 있었다. 그것은 조류 사육자에게 나타나는 전형적인 '과민성 폐장염'인데 증상만으로는 원인을 찾기 어려운 질병이다. 그가 휴가나 장기간 출장 중에 문제가 없었던 것은 원인 물질에 노출되지 않았기에 때문이었다.

그와 체스를 두는 중에도 나는 승부에는 관심이 없었고 계속 비둘기 생각만 하고 있었다. 그가 앓고 있는 질병의 원인이 열정적으로 사랑하는 비둘기 때문이라는 것을 어떻게 알려줘야 하나 고심했던 것이다. 내내 딴생각을 하며 두는 바람에 체스는 엉망으로 패했다. 휴일 오후 그의 기분을 망치고 싶지 않아 결국 그날은 아무 말도 하지 않기로 마음을 정했다. 다만 존더만 박사에게 빠른 시일 안에 병원에 와서 그가 반복적으로 앓고 있는 폐렴 증상에 대해 의논하자고 약속했다.

일주일 후 진료실에서 조심스럽게 폐렴의 원인을 알려주었다. 비둘기 사육으로 인한 과민성 폐장염은 심할 경우 죽음에 이를 수도 있다는 것을 이야기하자 존더만 박사는, "그렇다면 나의 사랑스러운 비둘기들과 헤어져야만 하는군요"라며 눈물을 글썽거렸다.

나 역시 사실을 알려주는 데 심적인 부담이 컸지만 존더만 박사는 현명하고 책임감 있는 사람이었다. 몇 주가 지난 뒤 그는 사랑하는 비둘기들을 평소 잘 알고 지내던 다른 비둘기 사육자에게 양도했고, 새로운 사육자가 잘 돌보고 있다고 알려주었다.

그 후로 그는 할아버지가 했던 역할을 떠맡았다. 비둘기 사육자 협회의 회원들에게 자문을 해주었고, 어린이와 청소년들에게 이런 취미를 갖도록 북돋아줄 수 있다는 것을 기뻐했다. 그가 무엇보다도 강조하는 것은, 편지 배달 비둘기를 과도하게 혹사시키면 절대 안 된다는 것이었다. 비둘기가 배달하는 서신의 왕복 거리를 지나치게 멀리하지 말고, 가급적 50km 이내의 적당한 거리를 유지하도록 권장했다.

존더만 박사는 자신이 앓았던 과민성 폐장염에 대해서도 강연을 통해 많은 사람에게 알려주었다. 또한 사육자가 비둘기 집과 탑을 설치해 비둘기가 안전하게 지낼 수 있도록 하고, 모이를 적절하게 공급해 비둘기가 너무 많아지지 않도록 하는 일에도 앞장서고 있다. 존더만 박사는 비록 비둘기와 함께하지는 못했지만 이렇게 비둘기에 대한 사랑을 변함없이 이어가고 있었다.

누구도 길들일 수 없었던
낙타, 아지

시각장애를 뛰어넘은 신뢰와 우정

"낙타는 인간의 꿈이다.
낙타는 인간의 자유이다."

투르크메니스탄 속담

알제리 남동부에 위치한 광활한 고원지대 타실리 나제르(Tassili n'Ajjer)는 마치 달 표면 같은 풍경을 간직한 곳으로 1만5000여 점의 선사시대 암각화가 남아 있어 유네스코 세계문화유산으로 등재된 곳이다. 나는 네 명의 친구들과 이곳으로 트레킹을 떠났는데, 매혹적인 자연경관에 모두가 깊은 감동을 받았다. 산맥을 따라 펼쳐진 모래언덕 위로 끝없이 길이 나 있었으며, 산맥의 한쪽 면은 바위 지층이고, 다른 면은 말라버린 강바닥이었다.

우리의 목적지는 투아레그족인 압둘라의 대가족이 머물고 있는 야영지였다. 투아레그족은 사하라사막부터 서아프리카에 이르는 광활한 지역에 살고 있는 베르베르족의 일파였다. 우리는 압둘라의 야영지까지 간 뒤 그곳에서 단봉낙타 '드라머데리(dromedary)'를 타고 본격적인 대장정을 시작할 계획이었다.

84세인 압둘라는 두 눈이 모두 실명된 시각장애인이었고, 그의 가족들은 150마리의 낙타를 키우며 반(半)유목민 생활을 하고 있었다. 여자들은 암컷 낙타들의 우유로 버터, 치즈, 요구르트를 만들었고, 수컷 낙타들은 물품 운송과 타고 다니는 용도로 사용되었다. 대가족의 우두머리인 압둘라는 대상들을 안내하는 집안 출신으로 과거 유명한 반란군 진압 대장이었으며, 그 공로로 알제리 정부로부터 연금을 받고 있었다.

우리가 도착하니 압둘라는 푸른색 전통 의상을 입고 커다란 천막 한가운데의 바닥에 앉아 있었다. 머리에는 검은 천을 감고 있어 오직 눈 부위만 빠끔히 열려 있었다. 압둘라의 부인 라일라는 다른

— (역자 주) 타실리 나제르는 '고원의 강'이란 뜻을 갖고 있다.

여인들처럼 베일로 얼굴을 가리지 않았고, 성인 여성의 품위를 나타내는 전통적인 머리 수건만을 쓰고 우리들을 친절하게 맞아주었다.

라일라는 아들, 손자들과 함께 식사 준비를 하고 있었다. 그들은 수수로 만든 전통 빵과 양고기, 각종 채소, 따뜻한 낙타 우유 등을 우리에게 대접해주었다. 투아레그족의 집에 머물면서 그곳 여인들이 막강한 지위를 갖고 있는 것을 알게 되었다. 여인들은 결혼 상대를 스스로 결정했고, 남편을 쫓아낼 수도 있었으며, 이혼은 투아레그 사회에서는 전혀 부끄러운 일이 아니었다.

부인들은 손님을 응대하고 차를 준비하는 것을 감독했으며, 차를 접대하는 의식에 직접 참석했다. 여인들의 한마디는 큰 힘을 가지고 있었으며, 남자들은 어떤 경우에도 아내의 기분을 상하게 해서는 안 되었다.

압둘라의 대가족은 소규모 관광객 그룹을 돌보는 데 전문화되어 있었고, 관광객들에게 낙타 트레킹 서비스를 제공했다. 관광객들은 자연스럽게 투아레그족의 생활에 참여하는 것이 허용되었다. 압둘라는 말없이 앉아 있었는데, 그의 눈에 초점이 없는 것을 알 수 있었다. 아들은 아버지가 몇 해 전 전염성 결막염으로 시력을 잃었다고 했다. 식사를 마친 후 트레킹 일정에 대해 얘기하면서 압둘라의 리더 역할이 시작되었다.

"내일부터 유명 저수지를 향해 3일 동안 여행을 하게 됩니다. 출발 이틀 후에 유네스코 세계문화유산에 등록된 타실리 나제르의 암각화가 있는 곳에 도착하고요. 선사시대의 암각화를 본 후에 희귀 동식물들이 있는 국립공원을 방문합니다!"

압둘라는 자신이 우리를 직접 인도할 것이며, 아들들은 천막을 치고 음식 준비를 맡는다고 했다. 나는 귀를 의심했고, 일행들도 믿을 수 없다는 표정이었다. 눈먼 압둘라가 우리의 사막 트레킹에 길잡이가 된다니, 도대체 말이 안 되는 일이었다!

어리둥절한 우리 일행을 본 장남 아흐메드가 1년 전에 있었던 일을 얘기해주며 우리의 걱정을 덜어주었다. 당시 물이 부족해 낙타들이 거의 죽게 될 위험에 처했다고 한다. 아흐메드는 이렇게 말했다.

"아버지는 언제나 마르지 않는 샘을 알고 있었지만 우리들 중 누구도 그곳을 찾지 못했습니다."

그때 아버지가 그의 낙타인 '아지'에게 안장을 얹도록 지시했다. 모두가 놀란 표정으로 아버지를 바라보았다. 아버지는 시력을 잃은 뒤부터 더 이상 낙타를 타지 않았기 때문이었다. 아지는 아버지 외에는 어떤 사람의 접근도 허용하지 않는 고집불통 낙타였다. 아지는 무릎을 꿇어 아버지가 안장 위로 올라타도록 했고, 압둘라는 닷새 동안 무리 전체를 이끌었다.

압둘라는 사막에서 방향을 찾는 데 필요한 별자리 정보를 머릿속에 정확히 담고 있었다. 그는 아들들이 얘기해주는 별자리 위치를 듣고 방향을 정해 길을 안내했다. 압둘라는 그의 낙타를 무한 신뢰했고, 아지는 주인의 미세한 움직임을 읽고 방향을 수정해가며 샘을 찾아갔다. 마침내 물웅덩이가 발견되었고 낙타들은 살아남을 수 있었다.

이 멋진 성취는 시력을 잃은 압둘라의 자부심을 되살려주었다. 그 후 압둘라는 아지와 함께 계속해서 사막을 횡단했고 예전의 자유로운 삶을 차츰 회복했다. 압둘라는 충성스러운 낙타를 타고 처음에는 짧은 구간에서 시작해 점차 긴 여행을 하게 되었고, 마침내 아지와 함께 여행객들에게 낙타 투어 안내를 하기에 이르렀다.

"어느 누구도 내 남편만큼 이 지역을 잘 알지 못합니다. 오랫동안 남편은 아지와 함께 사막을 통과하는 투어를 훌륭하게 이끌었어요. 여러분께서는 압둘라와 아지를 무조건 믿으셔도 됩니다."

압둘라의 부인 라일라는 이렇게 말했다. 아들 아흐메드도 어머니의 말을 거들었다.

"아지는 나이가 들었지만 여전히 멋진 외모와 똑똑한 두뇌를 갖고 있습니다. 정말 신뢰할 수 있는 낙타죠. 하지만 낯선 사람에게는 어떻게 대할지 예측하기 어려우니 너무 가까이 다가가지는 않는 게 좋습니다."

다음 날 아침 일찍 천막에서 나왔을 때 낙타들에게는 안장이 채워져 있었고 트레킹이 시작되었다. 나는 낙타들을 자세히 살펴보았다. 예전에 낙타에 관해 쓴 어떤 책에서 "낙타는 아름답지 않고, 끔찍한 목소리, 멍청한 눈, 보기 흉한 입술을 갖고 있다"는 글을 읽은 적이 있었다. 전적으로 잘못된 얘기였다. 아침 햇살에 곱게 물든 낙타들은 묵묵히 서 있었고, 그 모습에는 강인함과 인내심이 묻어나왔다. 너무나 멋지고 당당한 자태였다.

무리 한가운데에 가장 눈에 띄는 크고 흰 낙타가 있었는데, 한눈에 아지임을 알 수 있었다. 이 위풍당당한 낙타는 큰 소리를 냈고, 매혹적인 눈빛을 발산하며 몸을 움직이고 있었다. 압둘라가 나타나자 아지는 조용해졌고, 무릎을 꿇어 주인이 등에 타도록 했다. 우리의 리더가 "딱" 하고 짧게 혀 차는 소리를 내자 나머지 낙타들도 모두 무릎을 꿇었고 우리는 조심스럽게 안장 위에 앉았다.

압둘라가 맨 앞에, 다음은 그의 큰아들 아흐메드가, 그 뒤로 우리 일행이 따라가면서 사막을 향한 여행이 시작되었다. 우리는 흰색 옷을 뒤집어쓰고 눈 부분만 빠끔하게 뚫린 흰색 천으로 얼굴과 머리를 감싼 채 모두가 선글라스를 쓰고 있어 서로를 알아볼 수 없었다. 이 소규모 카라반의 뒤에는 압둘라의 다른 두 아들이 따라왔다.

숨막히게 아름다운 모래언덕들을 통과하며 침묵 속에서 태양이 빚어내는 빛과 그림자의 향연에 감탄했다. 이처럼 구별하기 힘든 모래언덕에 둘러싸인 곳에서 어떻게 길을 찾아갈 수 있는 건지 신기하기만 했다.

영화배우 쿠르트 위르겐스가 주연한 〈눈에는 눈〉이라는 1950년대 영화가 생각났다. 아랍인 남자가 병든 아내를 치료해줄 것을 거부한 독일인 의사에게 복수하는 줄거리의 영화였다. 아내가 사망하자 남자는 구실을 만들어 의사를 사막으로 유인한 뒤 일부러 헤매도록 만든다. 거대한 모래언덕을 힘들게 오르면, 또다시 올라야 할 새로운 모래언덕이 수없이 나타난다. 사막의 밤은 얼음장처럼 춥고, 낮에는 뜨거운 태양이 지글거린다. 마침내 두 사람은 모두 죽고 만다.

맨 앞의 압둘라는 아지의 등 위에 꼿꼿하게 앉은 채 계곡과 모래산을 통과하며 우리 그룹을 인도했다. 우리 모두는 그를 전적으로 신뢰했다. 늦은 오후 압둘라가 혀 차는 소리를 내자 세 아들이 낙타와 함께 달려왔다. 그들이 무언가를 얘기한 후 1시간 정도를 더 가자 덤불 숲으로 둘러싸인 계곡에 도착했다.

우리 일행은 지치고 허기진 채 낙타에서 간신히 내렸지만 세 아들은 부지런히 텐트를 치고 식사 준비를 했다. 낙타들은 안장을 벗기자 주변의 풀들을 게걸스럽게 먹었다. 압둘라는 아지를 다른 곳으로 데려가 혼자 편안하게 풀을 뜯도록 해주었다.

사막의 저녁 식사는 훌륭했다. 배불리 먹은 뒤 피로에 지쳐 곧바로 텐트로 갔다. 하지만 처음 경험해보는 엄청난 첫날을 보낸 터라 쉽게 잠을 이룰 수 없었다. 나는 자리에서 일어나 텐트 밖으로 나갔다. 머리 위에는 태어나 그토록 많은 별은 처음 봤을 만큼 별들이 빽빽이 들어찬 밤하늘이 신비롭게 펼쳐져 있었다.

나는 낙타 무리에서 압둘라를 발견했다. 그는 아지 옆에 있었다. 나를 본 아지가 압둘라를 살짝 건드렸다. 그러자 압둘라가 내 쪽으로 얼굴을 돌렸다. 나는 인사를 건넸고, 그는 내 목소리를 듣자 "아! 박사님 아직 주무시지 않았군요? 오늘 매우 힘들었을 텐데…"라고 말했다.

나는 "네, 힘들긴 했지만 잊지 못할 멋진 경험이었어요. 쉽게 잠들 수 없을 정도로요. 그런데 아지는 아주 특별한 낙타겠죠?"라고 물었다. 압둘라가 설명하기를, 아지는 최고로 우수한 낙타인 종타(種駝)의 새끼이며 태어났을 때부터 크고 힘이 강했다고 한다. 또 발바닥이 넓어 모래와 돌들을 밟는 데 최적화되어 있으며, 더구나 하얀색 낙타는 아주 희귀한 경우라고 했다.

아지라는 이름은 압둘라가 지어준 것인데, '행운'이라는 뜻이란다. 아지는 장차 값비싼 수컷 종타가 될 것이기에 아지를 잘 키우는 것이 압둘라에겐 큰 과제였다고 한다. 그런데 아지는 커가면서 매우 까다로운 성격을 지닌 것이 드러났다. 공격적으로 물어뜯고, 발로 밟아대는 바람에 사람은 물론 다른 낙타들과도 격리시켜야만 했다. 어미 낙타와도 떨어져 지내야 했을 만큼 정도가 심했는데, 이는 투아레그 유목민들조차 경험해보지 못한 경우였다.

아지를 종타로 키워보려는 희망을 포기하면서 거세를 시키자 사람에게 조금은 순종적이 되었다. 하지만 무리들 속에서는 여전히 지배적인 성격이어서 다른 낙타들과 늘 싸우고 상처를 입혔다.

아지를 감당할 수 없었던 가족들은 차라리 그를 도살하는 편이 다른 낙타 무리를 돌보는 데 도움이 될 것이라고 의견을 모았다. 압둘라는 이에 반대하며 "내가 아지를 책임지고 돌보겠다. 맹세컨대 그를 다른 낙타들과 함께 지낼 수 있도록 길들이겠다"라고 약속했다. 압둘라는 결코 포기하지 않았다.

언제나 부드럽게 쓰다듬으며 말을 걸었고 단 한 번도 야단치거나 벌을 주지 않았다. 압둘라의 무한한 인내와 애정의 결과 마침내 아지는 그를 신뢰하게 되었다. 타고 다니는 낙타로는 꿈도 꾸지 못했었던 아지는 오직 압둘라만을 자기 등에 타도록 허용했다. 아지는 마침내 낙타 무리에 합류할 수 있었지만 다른 낙타들과 가족들은 계속해서 안전 거리를 지키고 있다.

"나는 지금까지와 마찬가지로 앞으로도 아지의 유일한 친구이며, 우리는 환상의 팀입니다. 내가 눈이 멀었음에도 이렇게 자유로운 삶을 살 수 있는 것은 모두 아지 덕분이에요. 아지에게 너무 감사하죠. 아지는 이름 그대로 나의 행운입니다."

압둘라의 이 이야기를 끝으로 우리는 밤 인사를 나누고 각자의 텐트로 돌아가 잠자리에 들었다.

이날 밤 얘기를 나눈 뒤 압둘라와 나는 더 가까워졌고 서로의 삶에 대한 깊은 얘기를 나누는 친구가 되었다. 나는 압둘라가 실명하게 된 이유에 대해서도 상세히 물어보았고, 그와 가족들을 설득해 독일에 와서 수술을 받도록 권했다.

6주 후 나는 압둘라와 그의 아들 아흐메드를 프랑크푸르트 공항

누구도 길들일 수 없었던 낙타, 아지

에서 맞이했다. 압둘라는 우리 병원에서 화제의 인물이 되었고, 그는 이 상황을 유쾌히 받아들였다. 수술은 성공적이었다. 그리고 2주 후에 아흐메드로부터 다음과 같은 편지를 받았다.

사랑하는 박사님!
아버지와 저는 무사히 집에 도착했습니다.
아버지의 수술과 치료가 순조롭게 진행되어
저희 가족들은 매우 행복합니다.
집에 돌아온 후, 아버지와 아지의 첫 만남은
매우 특별한 사건이었습니다. 아버지가 아지를 향해
크게 '딱' 소리를 내자, 아지가 천천히 아버지에게
다가와서 잠시 서 있더니 몸을 돌려 낙타 무리 속으로
돌아가버렸습니다. 아마도 아버지가 오랫동안
돌보지 못했기에 자신이 버림받았다고 느끼는 것
같았습니다.
아버지가 다시 세 번 연달아 크게 "딱, 딱, 딱" 소리를 냈고,
그러자 아지는 다시 돌아와 머리로 아버지의 옆구리를
부드럽게 밀치고는 한 번도 들어보지 못한 깊은 소리를
냈습니다. 아지가 무릎을 꿇자, 아버지는 제게 소리쳤습니다.
"아흐메드, 아지에게 안장을 올려라.
함께 사막에 다녀오겠다!"
박사님과 병원의 의료진 분들께 감사드리며
다시 뵙기를 기대합니다.
아흐메드와 가족 모두 올림

목숨을 구한 앞발

티나와 당뇨병 도우미 개, 사니

"동물들은 말이 아닌 언어로
우리에게 가르쳐줍니다.
그들이 무엇을 알고 있는지,
그리고 우리와 어떻게 연결되어 있는지를
말로는 표현할 수 없는 방식으로."

조지 엘리엇George Eliot

2012년 가을이었다. 평상시 활기 넘치던 여덟 살 소녀 티나가 그날 아침에는 웬일인지 일어나려 하지 않았다.

"나 오늘 몸이 아파요, 학교에 갈 수 없을 것 같아요."

티나는 매우 피곤하며 배가 아프다고 했다. 어머니 스테파니는 차와 비스킷을 침대로 가져다주었고, 그때까지만 해도 이런 일은 어린이에게 흔히 있는 일이라 여기며 크게 걱정하지 않았다. 이틀 후 이런 증상은 말끔히 없어졌고, 티나는 회복된 것처럼 보였다.

그런데 일주일 후에 티나는 다시 피로와 복통을 호소했고 침대에 누워 있기만 했다. 안 되겠다 싶던 부모는 티나를 아기 때부터 돌봐주었던 소아과 의사를 찾아갔다. 티나를 진찰한 의사는 혈액을 채취하고 다양한 검사를 진행했는데, 그 결과 제1형 당뇨병이라는 충격적인 진단이 내려졌다.

의사는 티나를 쾰른의 대학병원으로 보냈고 그곳에서는 인슐린 펌프를 활용한 치료를 권했다. 인슐린 펌프는 복부 피부 밑에 삽입된 바늘과 작은 호스를 통해 일정 시간마다 인슐린을 자동으로 주입하는 장치였다. 티나와 부모는 이 기구의 사용 방법을 교육받았다. 바늘은 정기적으로 교체해야 하고, 샤워하기 전에 기구 위에 비닐을 씌워야 하며, 인슐린 공급량은 식사량이나 활동량 같은 하루 상황에 맞춰 계속 조정해야만 했다. 제대로 지켜지면 인슐린 펌프만으로 매일 주사 맞는 것을 대체할 수 있고, 어느 정도 신체 활동의 자유도 누릴 수 있었다.

티나는 빠르게 회복해 다시 학교에 가게 되었고, 전과 같이 체육 수업, 자전거 타기, 친구 생일잔치 등에 참여할 수 있었다. 하지만 한곳에서 너무 오래 있지는 못했다. 왜냐하면 인슐린 펌프가 작동하고 있어도 지속적으로 혈당 농도를 체크해 인슐린 공급량을 조절해야 했기 때문이다. 티나의 엄마 스테파니는 딸의 식단에서 매일 탄수화물의 양을 정확히 계량해 섭취하도록 하고, 밤시간에도 혈당 농도를 지속적으로 모니터링해야 했다. 매일 밤 두세 차례 일어나야 해서 그녀 또한 감당하기 힘든 생활이 지속되었다.

그러던 중 스테파니는 신문에서 혈당 변화를 냄새로 감지하는 당뇨병 도우미 개에 관한 기사를 읽으며 흥분했다. 티나가 오래전부터 강아지 키우기를 원했기에, 딸의 소원을 들어주면서 당뇨병 때문에 일어나는 일들도 도움 받을 수 있기를 희망했다.

스테파니는 관련 정보를 수집했다. 개의 후각 능력은 인간보다 1만 배 정도 뛰어나며, 호흡이나 땀 속에 있는 미세한 분자를 읽고 인간의 몸에서 질병과 관련이 있는 변화를 감지할 수 있다고 한다. 혈당 변화의 감지가 대표적인 사례이며, 이마 위의 땀방울이나 목소리의 미세한 떨림 같은 작은 변화도 즉시 알아차릴 수 있다고 한다.

훈련받은 당뇨병 경보 도우미견은 환자와 함께 생활하면서 적절한 때 경고를 해주기 때문에 환자들이 정상적인 생활을 하는 데 도움을 준다. 당뇨병 환자 경보 도우미견 협회는 스테파니 가족들에게 집에서 가까운 곳에 있는 도우미견 훈련사를 추천해주었다.

스테파니와 티나가 기르고 싶은 강아지는 주름이 많은 중국 품종인 샤페이였다. 스테파니의 조부모가 예전에 이 개를 키웠는데, 영리하고 사교적이었으며 항상 침착해 이상적인 애완견으로 생각하고 있었다.

하지만 개 훈련사는 샤페이 견종에 대해 부정적이었다. 뛰어난 당뇨병 경보 도우미견이 되려면 온화하고 친절한 성격과 재능이 있어야 하는데, 샤페이는 지배하려는 성향이 있어 훈련시키기 까다롭다는 것이었다. 훈련사는 리트리버나 보더콜리가 좀 더 적합하다고 조언했다. 도우미견은 주인과 긴밀한 관계를 독점적으로 가져야 하는데, 만일 샤페이를 선택해 훈련 도중 당뇨병 도우미견으로 적합치 않다고 판단하게 되면 다른 개로 바꾸기 쉽지 않다는 말도 덧붙였다.

하지만 티나와 스테파니 둘 다 조부모가 키우던 '주름진 개' 샤페이에 대한 마음을 접을 수 없었다. 너무도 사랑스러웠던 그 모습을 잊을 수 없어 결국 샤페이를 포기하지 않기로 했다. 훈련사에게 "우리는 이미 이 개의 깊게 주름 잡힌 얼굴에 매료되어 있어요"라며 고집을 꺾지 않았다.

훈련사는 수소문 끝에 독일 남부 지역에서 샤페이를 키우고 있는 사람과 접촉해 연결해주었다. 그들은 새끼 강아지의 출산을 기다리고 있었고, 입양을 원하는 가정의 환경과 동기를 알고 싶어 했다. 스테파니와 티나, 티나의 아빠까지 가족 모두가 샤페이의 견주와 면담을 했고, 방문을 통해 집과 정원까지 살펴본 뒤 새끼 입양에 대한 승낙을 얻었다. 그 사이 훈련사와 티나는 절친한 사이가 되었다. 티나는 강아지의 습성과 훈련에 대한 오랜 시간의 교육에도 지루해하지 않았다.

마침내 강아지들이 태어났고, 생후 6주가 되었을 무렵 티나의 가족들은 조련사와 함께 남부 독일로 갔다. 견주가 다섯 마리의 귀여운 강아지를 보여주자 가족들은 모두 흥분을 감출 수가 없었다. 다른 강아지들은 모두 티나의 엄마 아빠에게 뛰어왔는데 유독 커피색 몸통에 하얀 얼굴의 암컷 강아지만 티나에게 뛰어왔다. 티나는 즉석에서 '사니'라고 이름을 짓고 강아지를 꼭 껴안았다.

목숨을 구한 앞발

그로부터 4주가 지난 뒤 사니를 집에 데려올 수 있었다. 이 귀여운 강아지는 새집에 편안하게 적응했고, 첫날부터 티나 곁을 떠나지 않았다. 애착 관계가 형성되기 시작한 것이다. 짧은 적응 기간 후 사니는 강아지 학교에 다니기 시작했는데 이곳에서 강아지와 함께 가족 모두가 훈련을 받았다.

훈련사는 사니를 세심히 관찰했다. 사니는 영리하고 인내심이 있어 우려할 일은 전혀 없었다. 티나의 부모는 딸이 심하게 저혈당인 경우에 입었던 속옷들을 모았고, 조련사는 이 속옷들을 잘게 잘라 진공포장해 냉동시켰다. 당뇨병 경보 훈련을 위한 준비였다.

사니는 티나의 속옷에서 풍기는 저혈당 증상 냄새에 익숙하도록 훈련받았다. 사니는 이 과정을 빠르게 숙지했고, 티나의 저혈당 증세를 신속히 인지했다. 저혈당 증세를 인지하면 앞발을 티나의 신발 위로 올려놓도록 훈련받았고, 그때마다 적절한 보상을 받았다. 사니가 당뇨병 도우미로 적합하다는 사실을 알게 되자 티나의 가족들은 감격과 기쁨을 감추지 못했다.

사니는 놀이를 좋아하는 강아지였고, 티나는 사니와 인근 숲을 자주 돌아다녔다. 얼마 후 사니는 티나의 친구들도 친근하게 받아들였으며 그들과 함께 놀면서도 수시로 티나의 냄새를 맡고 정확한 관찰을 위해 티나와 밀착하며 지냈다. 저혈당 신호가 오면 사니는 앞발을 티나의 신발 위로 올려놓았다.

다음 단계는 비상 키트를 가져오는 훈련이었다. 키트에는 티나를 위한 혈당 측정용 밴드와 휴대용 포도당, 사니에게 줄 간식 등이 들어 있었다. 밤 시간에 전기 스위치로 엄마 아빠에게 신호를 보내는 훈련도 이어졌다. 티나의 침실 방바닥에 놓인 접시를 눌러 신호를 보내면 부모님의 침실에 경보가 울려 티나를 즉각적으로 도와줄 수 있었다.

당뇨병 경보 도우미 개에게 특히 중요하고도 어려운 임무는 야외 바비큐 파티나 숲속에서의 장시간 산책 같은 특별한 상황에서 나타나는 저혈당을 알아차리는 것이다. 이런 환경 속에는 개에게 매혹적이고 흥미로운 냄새가 수없이 존재하기 때문에 이런 유혹을 이기고 자신의 임무를 다하는 것은 매우 어려운 일이다. 사니는 이 같은 상황에 놓여 있을 때 사방으로 돌아다니며 냄새를 맡으면서도 항상 티나를 눈으로 확인했고 티나의 냄새를 맡는 것을 잊지 않았다. 산책 중에 다른 개와 마주치는 경우에도 이런 행동을 멈추지 않았다.

훈련사는 사니의 학습 상황에 만족했고, 가족의 중요한 구성원이 돼가는 과정을 기쁜 마음으로 관찰하며 사니를 훌륭한 도우미견으로 보고서에 기록했다. 티나는 사니의 보호를 받으며 일상생활을 즐길 수 있게 되었고 도우미견에 대한 책임감도 배우게 되었다.

2년 동안 훈련을 받은 사니는 도우미견 시험을 보게 되었다. 그런데 시험 당일, 티나의 가족을 당혹스럽게 만든 일이 일어났다. 사니를 본 한 심사위원이 좋지 않은 이야기를 모든 사람이 들으라는 식으로 크게 말했던 것이다.

"이게 뭐야, 샤페이? 샤페이가 무슨 도우미견을 해! 나는 여태껏 샤페이 도우미견이라는 걸 본 적도 없고, 들은 적도 없어."

티나의 가족 모두가 긴장했고, 기분이 상하기도 했지만 사니는 보란 듯이 우수한 성적으로 시험을 통과했다. 그뿐만이 아니었다. 시험장에서 다른 사람의 생명을 구하는 큰 공을 세우기까지 했다.

사니가 시험을 막 마쳤을 무렵이었다. 시험장 한쪽에서 한 부인의 날 선 목소리가 울려 퍼졌다. 웬일인지 사니가 티나의 곁에서 떨어져 그 부인에게 다가가 앞발로 계속해서 부인의 신발 위를 건드리고 있었던 것이다. 부인은 짜증을 내며 "저리 가, 왜 이래? 저리 가라고!" 하며 소리쳤다. 하지만 사니는 물러서지 않았다. 조용히 으르렁거리며 침착하게 티나와 부인 사이를 오갔다. 사실 그 부인은 저혈당 상태에 있었고, 위험을 감지한 사니가 그것을 알려주려 애썼던 것이다.

그때 티나와 함께 있던 스테파니가 부인에게 혹시 저혈당이 온 게 아닌가 싶다며 정중하게 말했고, 실제로 그 부인의 혈당이 상당히 떨어져 있는 게 확인되었다. 사니의 경고가 아니었다면 매우 위험해질 수 있었던 상황이었다. 시험장에 있던 사람들은 모두 깜짝 놀라지 않을 수 없었다. 그날 시험을 본 그 많은 도우미견 중에서 샤페이라고 무시를 당하던 사니만이 이 같은 행동을 했기 때문이었다. 사니는 그날 시험장의 스타가 되었다. 당뇨병 경보 도우미견 시험에 합격한 최초의 독일 샤페이 견이 된 사니. 지금까지도 이는 유일무이한 기록으로 남아 있다.

사니는 이제 나이가 들어 편하게 지내고 있다. 성인이 된 티나는 자신의 당뇨병을 스스로 관리하고 있으며 평생의 반려자 사니가 도우미견 은퇴 생활을 편안하게 즐기길 바란다. 하지만 지금도 사니가 곁에 있으면 티나는 여전히 안전하게 보호받고 있음을 느낀다.

(역자 주)
— 샤페이

'샤페이(Sharpei)' 견은 중국 남서부 광둥성이 원산지.
키는 45~56cm, 몸무게는 16~29kg의 중형견이다. 한자로 '샤(沙)'는
'모래'라는 뜻으로 '털'이 모래같이 '거칠고 딱딱하다'는 의미이고,
'페이(皮)'는 '가죽'이라는 뜻으로 '두껍고 늘어진 피부'라는 의미이다.
즉, '거친 털에 쭈글쭈글한 주름이 있는 개'라는 특색이 있다.
주인을 잘 따르고 애교도 있으나 고집이 세고 자기주장이 강한
편이다. 기네스북의 '세계에서 가장 특이한 개' 부문에 올라 있고,
중국 귀족들에게 인기가 있었다고 한다. 주름 때문에 피부병,
귓병, 눈병에 민감해 관리에 신경을 써야 하는 견종이다.

당나귀 인형 동키와
율리아

교도소 담장을 뛰어넘은 사랑

"지상의 낙원은 말의 등 위에 있다."

프리드리히 폰 보덴슈테트
Friedrich von Bodenstedt

6월의 어느 날 저녁, 오랜 지인 페터의 아내로부터 긴급하게 도움을 요청하는 전화를 받았다. 일곱 살 된 딸 율리아가 맹장 수술을 받고 치료 중인데 갑자기 상태가 안 좋아졌다며 한번 봐달라는 요청이었다. 페터의 아내는 수술 후 처음 며칠 동안은 괜찮았는데 갑자기 상태가 악화되었다며 당혹스러워했다.

율리아의 주치의 베르링거 박사와 직접 통화해보니 그 역시 율리아가 좋은 경과를 보이다가 갑자기 이렇게 된 것을 이해할 수 없다며 협진을 부탁했다. 이전에도 베르링거 박사와 나는 여러 차례 협진하며 환자를 치료한 경험이 있었기에 망설임 없이 바로 율리아를 만나보기로 결정했다.

병실의 문을 열고 들어서 율리아를 본 나는 깜짝 놀랐다. 창백한 얼굴에 불그스름한 반점이 나 있고, 온몸에 열이 올라 있는 불안한 모습이었다. 율리아는 작은 손으로 당나귀 인형을 움켜쥔 채 커다란 눈으로 천장을 뚫어지게 응시하고 있었다.

"몇 시간째 저러고 있어요."

율리아의 엄마가 내게 속삭였다. 그녀는 복도로 나와 근래 일어난 불행한 사건에 대한 얘기를 들려주었다. 펀드 매니저인 남편 페터가 수백만 달러를 빼돌린 은행원의 투자 사기에 연루되어 지난 9개월 동안 구속된 상태였고, 결국 2년 4개월의 징역형을 선고받았다는 안타까운 이야기였다.

부인은 이 엄청난 재앙을 견디는 것이 본인도 힘들지만, 세 아이들의 마음을 달래주기가 너무 어렵다고 호소했다. 특히 막내딸 율리아는 아빠의 부재에 커다란 충격과 고통을 겪고 있다며 눈물을 글썽이며 말했다.

"아빠와 함께한 시간이 율리아에게는 정말 소중했던 것 같아요. 아빠가 들려준 동물 이야기, 아빠와 함께 동물원에 놀러 갔던 일을 몹시 그리워해요."

율리아는 동물을 좋아해서 어른이 되면 동물 돌보는 일을 하고 싶다는 꿈을 가지고 있었다. 특히 율리아는 작은 당나귀와 사랑에 빠졌다. 그림을 잘 그리는 아빠는 율리아에게 코끼리, 기린, 호랑이, 사자, 원숭이 등 다양한 동물 그림을 그려주었는데, 이 동물 스케치 모음은 율리아에게 무엇과도 바꿀 수 없는 소중한 보물이었고, 그중에서도 작은 당나귀 그림은 율리아가 가장 아끼는 그림이었다.

여섯 번째 생일에 아빠에게 선물로 받은 벨벳 당나귀 인형은 언제나 율리아와 함께였고, 지금도 꼭 껴안고 있었다. 율리아는 당나귀 인형에게 '동키'라는 이름을 붙였다. 아빠가 감옥에 있어 만나지 못하게 되자 율리아는 심각한 상실 공포를 겪으며 매일 저녁 울면서 동키와 이야기를 나누었다.

다시 병실로 들어간 나는 조용히 율리아의 침대 옆에 앉았다. 간호사가 조심스럽게 열을 재고 수액을 교체하며 마실 것을 원하는지 물었다. 율리아는 여전히 아무런 반응이 없었다. 의사에게 이런 상황은 속수무책의 난감한 순간이다. 나는 당나귀 인형을 통해 반응을 이끌어보기로 했다. 율리아가 아닌 인형에게 말을 거는 것이다.

"동키야, 선생님 말 좀 들어봐. 나는 너희 둘이 요즘 어떻게 지내고 있는지 정말 궁금하단다. 너희가 너무 슬픔에 빠져 있는 것 아닌가 싶어 걱정이 되기도 해. 동키야, 슬퍼하지 않아도 돼. 율리아는 틀림없이 곧 건강해질 거야. 그리고 모든 게 다시 좋아질 거야. 내일 다시 너를 보러 올게, 힘내 동키야!"

그러자 갑자기 율리아가 울음을 터트리며 이렇게 말했다.

"나는 아빠가 다시 돌아오지 않을까 봐 너무 무서워요. 아빠가 죽어버리면 어떡해요."

나는 그런 일은 절대 일어나지 않으니 걱정하지 말라고 말하며 율리아를 달래주었다. 한참을 실컷 울고 나자 어느새 율리아의 경직 상태가 해소되어 있었다.

율리아의 엄마 역시 남편 걱정을 많이 하고 있었다. 남편이 연락을 하지 않고 있는데, 그가 삶의 희망을 잃어버린 것이 아닌지 두려워하고 있었다. 그녀는 내게 남편을 위해 교도소를 방문해주길 부탁했고, 나는 그러겠다고 약속했다.

그 후로 율리아를 자주 만나는 한편 교도소에 페터와의 면회를 요청했다. 그런데 교도소 측에서 페터의 면회는 불가능하며 그 이유에 대해 어떤 답변도 해줄 수 없다는 내용의 일방적인 통지문이 왔다. 교도소 소장과의 전화 요청도 거부되었다. 변호사의 자문을 받아보니 교도소를 직접 방문해 면회 요청을 하는 것밖에 다른 방법이 없다고 했다.

결국 나는 아무 대책 없이 무작정 교도소로 찾아갔다. 출입구에는 젊은 교도관이 위압적인 모습으로 자리를 지키고 있었다. 나는 그에게 의사로서 페터의 면회가 필요한 이유를 설명하며 교도소장과의 면담을 요청했다. 그러자 젊은 교도관은 나에게 화를 내며 큰소리를 쳤다.

"페터의 면회는 안 됩니다. 소장님과의 면담도 할 수 없고요. 이미 전화상으로 말씀드리지 않았습니까!"

하지만 이대로 물러설 수는 없었다. 나는 교도소 문 앞에서 그대

로 버티고 서 있었다. 시간이 하염없이 흘렀지만 절대 포기할 생각
이 없었다. 상당한 시간이 지나자 마침내 나이 든 교도관 한 명이 내
게 살며시 다가오더니 말없이 저쪽으로 가보라는 눈짓을 보냈다. 그
가 가리키는 곳은 앞뜰 가장자리에 있는 흰색 2층 건물이었는데 교
도소장이 거주하는 곳인 듯했다.

그 건물로 다가가자 누군가 밖의 상황을 주시한 듯 커튼 뒤에서
희미하게 움직이는 느낌이 들었다. 두 번이나 초인종을 눌렀지만 안
에서는 아무런 반응이 없었다. 이런 식의 방문이 아마도 그들에게는
절대 원치 않는 일이었던 것 같다.

나는 그대로 계단에 앉아 기다리기로 했다. 책을 읽으며 시간을
보냈고 때때로 스트레칭을 하며 지루함을 달랬다. 중간에 이 건물을
한바퀴 돌아보았는데, 내가 앉아 있는 계단을 통해서만 집 밖으로
나갈 수 있다는 것을 확인할 수 있었다. 계속 앉아 있는다면 언젠가
는 만날 수밖에 없을 거라는 생각이 들었다.

또다시 상당한 시간이 지난 뒤 마침내 교도소장인 마이어 씨가
문을 열었다. 그의 얼굴에는 거부감이 서려 있었다. 하지만 내 소개
를 하고 율리아의 이야기를 간단히 들려주자 그의 표정이 변하기 시
작했다.

"한 번 얘기해보세요."

나는 그에게 일곱 살짜리 소녀의 병세, 아빠에 대한 걱정, 의사
들이 겪고 있는 어려운 상황에 대해 설명했다.

"허락해주시면 수감자와 만나서 딸에게 위로를 전할 수 있는 소
식을 받아갔으면 합니다."

교도소장은 고개를 끄덕이며 면회할 수 있도록 조치하겠다고

했다.

절차는 빠르게 진행되었다. 입구에서는 몸 수색을 철저히 했는데 원만한 진행을 위해 무조건 협조했다. 중요한 것은 어린 소녀의 아버지인 수감자와 대화를 나누는 것이었고, 그것을 위해서라면 무엇이든 할 수 있었다. 내게 도움을 주었던 나이 든 교도관이 재소자 면회실로 나를 안내했다.

면회실로 가는 복도에 감돌던 차갑고 어두운 분위기는 지금도 잊히지 않는다. 열쇠 딸랑거리는 소리, 철창문이 쾅 닫히는 금속성 소리, 그리고 우리의 발걸음 소리만이 크게 울려 퍼졌다.

면회실에 들어가자 잠시 후 율리아의 아빠 페터가 나타났다. 그의 얼굴은 창백했으며, 체중도 많이 빠져 있었다. 그는 느린 걸음으로 다가왔고, 힘차고 듣기 좋았던 그의 목소리는 온데간데없이 기운 없는 쉰 소리가 났다.

"박사님 어떻게 이곳에 오셨나요? 저는 힘들게 지내고 있고, 누구도 만나고 싶지 않습니다."

"막내딸 율리아의 소식을 전하러 왔습니다."

처음엔 누구라도 거부할 듯한 표정이던 페터가 딸 이야기를 하자 천천히 마음을 열었다. 그는 체포 당시의 억울하고 힘겨웠던 일들과 사회로부터 완전히 고립된 감옥에서 마약 사범과 폭력 범죄자에 둘러싸여 있는 현재의 고통스러운 상황에 대해 이야기했다.

"어떤 사람은 나를 유난히 싫어하며 일부러 괴롭히기도 했어요. 저항해보기도 했지만 결코 좋은 생각이 아니었습니다!"

그는 죄책감과 자책감, 가족을 향한 그리움, 고독, 악몽에 대해서도 얘기하며 눈물을 흘렸다. 나는 그의 얘기를 들어주며 조용히 기다렸다.

"요즘은 동물 그림을 그리며 마음을 추스르고 있습니다."

페터는 동물 그림뿐만 아니라 다른 수감자와 교도관의 초상화도 그린다고 말했다. 교도관 중 한 사람이 페터를 유심히 관찰하며 그가 그린 그림들을 살펴보더니 '검은 불도그' 그림을 갖고 싶다고 말했고, 불도그 그림을 그려주자 나중에는 자기의 초상화를 그려달라고 했단다. 그 교도관이 페터를 배려해주었기에 수감 생활에 많은 도움이 되었다고 한다. 그러면서 페터는 푸른색 죄수복 상의에서 여러 장의 종이를 꺼내 보여주었다. 그가 그린 '작품'들이었다.

"와우! 이 교도관의 초상화는 정말 탁월하네요. 그림들을 잘 보관해두세요."

그의 그림을 보자 나는 감탄하지 않을 수 없었다. 정말 뛰어난 솜씨였다. 그에게 페터를 진심으로 걱정하는 아내의 소식과 아픈 율리아가 아빠를 잃어버릴까 두려워하는 심리 상태에 대해서 자세히 얘기해주었다.

"지금부터는 반드시 정기적으로 편지를 보내주셔야 합니다."

페터는 고개를 끄덕였다. 시간이 거의 다 되었는지 교도관이 손을 들어 올리며 신호를 보냈다.

"앞으로 5분 남았습니다."

페터는 나를 바라보았고, 그의 눈길에서 내가 해줘야 할 말을 읽어낼 수 있었다.

"당장 율리아를 위해 당나귀 동키를 그려주세요. 말 풍선 속에 글도 넣어주고요. 그 그림을 율리아에게 전해줄게요!"

나는 수첩에서 종이 한 장을 찢어 페터에게 볼펜과 함께 건네주었고, 그는 재빨리 동키의 그림을 완성했다. 그리고 그림을 건네주며 다시 한번 방문해줄 것을 부탁했다. 페터와 작별 인사를 한 나는 배려심 깊은 교도관에게 몸짓으로 감사의 마음을 표현한 뒤 그곳을 나왔다.

소아 병동에서 베르링거 박사를 만나 율리아의 아빠를 만난 얘기를 했다. 베르링거 박사는 분명 큰 도움이 될 거라며 나의 노고를 치하했다. 아빠가 안부를 전해주었다는 소식을 들은 율리아는 뛸 듯이 기뻐했다. 행복한 표정의 율리아에게 동키 그림이 그려진 종이쪽지를 보여주며 마치 동키가 말을 하듯이 말 풍선 속의 글을 읽어주었다.

"율리아, 아빠는 곧 돌아오실 거야. 그러면 함께 동물원에 가서 아빠랑 재미있게 놀자."

이후 율리아의 병세는 빠르게 호전되었다. 페터는 수형 태도가 좋았기에 형기의 절반만을 복역하고 석방되었다. 아빠를 다시 만난 율리아는 안정을 되찾았고, 페터 가족은 이전과 다름없는 행복한 나날을 보냈다. 그 모든 순간에 당나귀 인형 동키와 율리아가 늘 함께한 것은 물론이었다.

동물과 함께하는 요양원

치매조차 잊게 만든,
말을 향한 진정한 사랑

"말은 인간의 영혼을 반영한다.
말은 인간의 성격을 알아본다.
말은 인간의 마음을 움직인다."

윈스턴 처칠Winston Churchil

게르트와 그의 아내 우테는 독특한 디자인의 구두를 판매하는 고급 구두점을 운영하고 있었다. 부부는 둘 다 외동으로 자란 데다 아이가 없었고, 친척들과도 왕래가 없었다. 가족이 없는 부부는 로렌츠라는 비만 수고양이를 키우며 위안을 삼고 있었다. 로렌츠는 온종일 구두 가게의 붉은 벨벳 소파 위에 앉아 주위를 살피곤 했다.

우테에게는 고양이 외에도 키미라는 이름의 노르웨이산 말이 있었다. 키미는 부부의 집에서 자전거로 10분 거리에 있는 목장에서 다른 말들, 그리고 온순한 숫양과 함께 지내고 있었다. 부인은 매일 키미를 찾아가 보살폈으며, 시간이 있을 때는 키미를 타고 들판을 달리기도 했다. 때로는 남편과 함께, 때로는 혼자서….

남편 게르트는 말보다는 비만 수고양이 로렌츠를 더 사랑하는 편이었다. 하지만 말들을 위해 마구간을 짓고, 청소를 하고, 말에게 사료 주는 일도 하면서 말을 사랑하는 부인을 도왔다. 부부는 그렇게 행복한 삶을 살고 있었다.

게르트의 65세 생일을 맞이한 해에 부부는 가게를 정리하고 은퇴했다. 그때부터 게르트는 집 정원을 가꾸는 데 전념했고, 우테는 그녀의 말 키미를 더욱 정성껏 돌보았다.

그렇게 은퇴 후의 삶을 즐기며 반년쯤 지났을 때, 게르트는 부인 우테에게서 낯선 변화를 느끼기 시작했다. 그전까지 늘 상냥하고 평온하던 그녀가 갑자기 싸우기 좋아하는 사람이 된 것이다. 게르트가 아내를 위해 아침 식사를 준비하면 '커피가 너무 연하다, 빵이 딱딱하다, 오렌지 잼이 쓰다' 등의 불평을 큰 소리로 늘어놓았고, 때로는 남편의 손을 쳐서 신문을 떨어뜨리기도 했다.

처음에는 아내가 다른 불만이 있어 신경질을 내는 것으로 생각하고 참았지만 도무지 그 이유를 찾을 수 없었고, 아내의 짜증은 갈수록 심해질 뿐이었다. 끊임없이 그를 게으르다고 욕하던 아내가 끝내 자기 몰래 다른 여자를 만나고 있다고 의심하기까지 하자 결국 감정이 격해진 게르트는 아내에게 크게 화를 내고 말았다. 그러자 우테는 흐느끼며 울음을 터뜨렸다.

게르트는 점점 낙담하게 되었다. 아내에게 혹시 어떤 문제가 있는 건 아닐까? 은퇴 후의 삶이 그녀에게 맞지 않는 걸까? 여러 가지 생각들로 근심에 가득 차 있다 보면 아내는 또 언제 그랬느냐는 듯 정상으로 돌아와 있곤 했다.

그러던 어느 날 게르트는 아내가 침대 앞에서 어쩔 줄 모르고 서 있는 것을 보았다.

"게르트, 당신이 내 승마 바지와 구두를 숨겼나요? 도대체 어디 있는지 알 수가 없어요."

"당신의 승마용품들은 여기 옷장에 그대로 있잖아요."

그가 대답하자 아내는 불안한 표정으로 승마용품을 찾아와 옷을 갈아입은 후 그녀의 말에게 갔다. 수년간 매일같이 갈아입고 늘 같은 곳에 챙겨두던 승마용품을 찾지 못하다니, 게르트는 불길한 마음을 가눌 수가 없었다.

어느 날에는 아내가 부엌에서 빵 위에 소시지와 치즈를 올려 바구니에 넣고, 우유 한 봉지와 요구르트 두 컵, 나이프와 포크도 챙겨 넣고 있었다. 그 모습을 본 게르트는 이렇게 물어보았다.

"당신 오늘 피크닉 가요?"

"아니요. 키미에게 줄 아침 식사를 가지고 가는 거예요."

아내의 대답을 들은 게르트는 '그게 말에게 주는 식사라고? 농담

이겠지' 하고 생각했다. 하지만 아내가 고양이 로렌츠를 가리키며 다음과 같은 말을 하자 아연실색하지 않을 수 없었다.

"로렌츠에게 시금치와 구운 감자 주는 것을 잊지 마세요. 로렌츠는 그런 음식을 아주 좋아해요. 맥주도 한 병 주면 더 좋고요."

이때만 해도 게르트는 앞으로 닥쳐올 더 큰 재앙을 상상도 하지 못했다.

그 후 게르트는 아내가 커다란 화분을 포크, 숟가락, 칼로 가득 채운 뒤 물을 붓고, 그 화분을 전자레인지에 안에 넣는 것을 목격했다. 그가 아내의 행동을 멈추려 팔을 붙잡자 아내는 당장 부엌에서 나가라고 소리를 지르며 커다란 요리용 숟가락을 집어들어 남편을 세게 내리쳤다.

이 사건이 있은 후 부부는 신경과 전문의를 찾아갔다. 각종 검사를 받은 뒤 우려했던 진단이 내려졌다. 알츠하이머였다. 게르트는 두려웠다. 이제부터 아내에게 어떤 일이 일어날 것인가? 그리고 그 자신에게는? 아내는 이제 막 64세였고, 그는 여전히 아내를 사랑하고 있었다.

우테의 상태는 급속히 악화되었다. 점점 더 어찌할 바를 모르고 불안해했으며, 단기 기억력은 갈수록 엉망진창으로 작동했다. 낮 시간 동안 아내를 돌봐주는 간병인을 고용했는데, 다행히도 젊은 여성 간병인은 이해심 깊은 밝은 성격이었다.

간병인은 매일같이 우테를 그녀의 말, 키미에게 데리고 갔다. 우테는 더 이상 말을 타려 하지 않았지만 씻겨주고, 먹이를 주고, 키미의 목에 얼굴을 대고 쓰다듬으며 키미와 다정하게 이야기를 나누었다. 때때로 몇 시간을 그렇게 보내기도 했는데 그녀는 말과 함께 있으면 안정되었고, 행복해했다.

우테의 지각 능력은 걷잡을 수 없이 빠르게 나빠지고 있었다. 글 쓰는 방법을 잊었고, 휴대폰에서 전화번호를 찾지 못했다. 시간이 갈수록 언행이 난폭해졌고, 게르트와 간병인에게도 갈수록 공격적으로 변해갔다. 나중에는 로렌츠조차 알아보지 못해 고양이를 개로 여기는가 하면 심하게는 발로 차기도 했다. 착하디착한 로렌츠는 이런 상황을 의연하게 받아들였고, 너무 심하다 싶을 경우에만 그저 슬그머니 그 자리를 피할 뿐이었다.

이제 우테는 때때로 남편조차 제대로 알아보지 못할 지경에 이르렀다. 한밤중에 일어나 잠옷 바람에 무작정 집 밖으로 뛰쳐나가기도 했고, 갑자기 어린애처럼 울음을 터뜨리며 엄마를 찾기도 했다. 오직 그녀의 말, 키미와의 우정만이 유일하게 좋은 관계를 유지하고 있었다.

무언가 대책을 세워야만 했다. 게르트는 담당 주치의, 간병인과 오랜 시간 대화를 나누었다. 게르트는 어떤 경우에도 아내와 헤어지지 않을 것이며, 결코 그녀 홀로 요양원에 보내지 않겠다고 고집했다. 그는 요양원을 가더라도 함께 갈 생각이었다. 하지만 만약 아내와 함께 노인 요양원으로 간다면 사랑하는 말 키미와 고양이 로렌츠를 어떻게 해야 한단 말인가? 게르트는 밤잠을 설치며 이 문제를 고민했다. 그러자 간병인이 이런 제안을 했다.

"자연 속에 자리한 요양원을 찾아보시면 어떨까요? 치매 환자를 위한 시설을 갖추고, 동물들도 함께 수용할 수 있는 그런 요양원 말이에요. 찾아보면 분명 있을 겁니다."

게르트는 인터넷 검색으로 실제로 그러한 환경을 갖춘 요양원들을 찾을 수 있었다. 세 곳의 요양원을 선정해 직접 방문해 현장을 살펴보았다. 마침내 호흐사우어란트라는 곳에 있는 아름다운 노인 요양원에 입주하기로 결정했다.

이곳에서는 동물들의 도움을 받아 치매 환자를 돌보고 있었다. 많은 연구 결과에 따르면 동물들이 치매 환자에게 긍정적인 영향을 미치는 것으로 나타났다. 동물들과의 소통은 언어 없이도 가능하고, 환자들이 무기력에서 벗어나 활력을 되찾게 하며, 운동 반사작용을 활성화시킨다. 쓰다듬기, 만져주기 같은 직접적인 접촉을 통해 치매 환자들은 스스로를 감지할 수 있게 되어 잠재되어 있던 친근감, 안정감, 존중감 등을 새롭게 일깨우게 된다.

동물들 앞에서 사람들은 부끄러워할 필요가 없다. 동물들은 감정을 위로해주며 스트레스를 없애준다. 특히 환자들이 키우던 동물을 요양원으로 데리고 와서 돌볼 경우 동물의 행복을 바라며 책임감을 가지고 대하는 과정에서 긍정적 효과가 더욱 높아진다.

호흐사우어란트 요양원은 여러 채의 널찍한 단층 독일 전통 가옥으로 이뤄져 있었고, 주변에는 오래된 나무들이 빽빽한 큰 공원이 자리했다. 군데군데 작은 테이블과 의자, 나무 벤치들이 있었으며 가까운 거리에 잘 관리된 마구간과 초원도 마련돼 있었다. 이 요양원에 매료된 게르트는 하루라도 빨리 이사를 해야겠다고 마음을 먹었다.

게르트는 이곳에서 가장 큰 집으로 결정해 부부가 오랫동안 사용해온 가구들을 그대로 옮겨 익숙하고 안락하게 꾸며놓았다. 비만 고양이 로렌츠는 또다시 평화롭고 느긋하게 그의 벨벳 소파 위에 누워 있었고, 키미 또한 양, 염소, 다른 말 등 새로운 동물 친구들과 함께 지내게 되었다. 게르트는 풀밭에서 키미를 보고 뛰어가는 아내의 얼굴에서 웃음을 발견했다. 시간이 지나면서 아내는 새집에서 점점 편안함을 느꼈다.

비만 고양이 로렌츠는 동물 관리사의 충고에 따라 체중 감량 코스를 밟았다. 코스를 마치자 로렌츠는 균형 잡힌 날씬한 고양이가 되었으며 게르트와 함께 주변을 산책하는 동반자가 되었다. 게르트는 요양원 주변의 잔디 깎기나 시설 수리 작업, 동물 관리 등의 일을 도왔는데, 이런 새로운 일들을 통해 활력을 얻고 심리적 만족감을 되찾았다.

아내는 초원에서 많은 시간을 보냈으며 키미뿐 아니라 다른 동물들도 쓰다듬고 귀여워했다. 부드러운 털의 양들은 특별히 우테의 마음을 사로잡았다. 게르트는 아내가 새로운 환경에 잘 적응한 데다 근육 강화 운동, 댄스 그룹 가입 등 몇 가지 치료 활동을 긍정적으로 받아들인 것을 대단히 기쁘게 여겼다.

유감스럽게도 우테의 기억력은 점점 고갈되었고, 끝내 남편을 전혀 알아보지 못하게 되었다. 정신적인 면에서 그녀는 이미 남편과 작별하고 떠나간 것이나 다름없었다. 하지만 동물과의 유대를 통해 안정을 찾은 그녀의 얼굴에는 언제나 평온한 미소가 피어 있었다. 그녀는 이제 슬픔과 고통을 뒤로하고 동물 친구들과 함께 따뜻한 행복을 누리고 있다.

오래된 목장에서
날아온 박쥐

작은 흡혈귀를 포획하기 위한 몸부림

"인간에게는 동물을 다스릴 권리가
있는 것이 아니라 모든 생명체를
지킬 의무가 있다."

제인 구달Jane Goodall

지난여름은 역대급 폭염이 지속되어 참으로 힘든 시간의 연속이었다. 게다가 여름 감기까지 유행해 결근하는 직원이 속출하는 바람에 남은 인원들과 쉴 틈 없이 일해야 했다. 여름은 지났지만 엉망이 된 컨디션은 쉽게 회복되지 않았다. 가을 휴가 기간에 예정되어 있던 히말라야 트레킹은 아무래도 무리일 것 같아 계획을 변경해야만 했다.

히말라야 대신 어디가 좋을까? 카나리아제도가 떠올랐다. 몇 년 전 그곳에서 멋진 휴가를 보낸 적이 있었다. 하지만 비행 여정이 힘들고 호텔이 번잡할 뿐 아니라 그곳 역시 더운 곳이라 결정을 내리지 못했다.

발트해의 페마른섬은 어떨까? 2년 전 그곳에서 가족들과 여름 휴가를 보낸 적이 있었다. 우리는 작고 한적한 마을, 가멘도르프에 있는 농가에 머물렀다. 농가에서는 암소, 말, 돼지, 염소, 닭, 오리, 집토끼 등 많은 동물을 키우고 있었고, 각각의 동물들이 자유롭게 생활하는 방식이 인상적이었다.

농장에는 농가 주택을 리모델링한 두 채의 휴가용 펜션이 있었다. 펜션 1층에는 커다란 거실이 있고, 좁고 삐걱거리는 목조 계단을 이용해 거실 위층으로 올라가면 부엌, 욕실, 침실을 한 공간에 꾸민 큰 다락방이 있었다. 이 다락방이야말로 나의 휴식을 위해 가장 적절한 방이었다.

아직 가을 휴가철이 시작되지 않았기에 외지인들은 거의 없을 테고, 일의 번잡함을 잊은 채 오로지 책을 읽고, 자전거를 타고, 물가를 산책하고, 잠자고 또 잠자는 특권을 누릴 수 있을 것이다. 전화 한 통화로 예약을 끝냈고, 이 단칸방을 3주 동안 빌릴 수 있었다.

페마른섬으로 가는 다리를 건너며 바다 위에 떠 있는 작은 배들을 보면서 진정한 행복감을 느꼈다. 자동차의 창을 모두 내리고 신선한 공기를 마음껏 들이마셨다.

섬마을 농가에 도착해 노부부와 인사한 뒤 곧바로 짐을 들고 다락방으로 올라갔다. 그때부터 기분이 좋아지기 시작했다. 수확이 끝난 들판을 걷는 것 말고는 일주일 동안 아무것도 하지 않았다. 산책길에서 노루와 토끼들이 울타리를 뛰어넘어 숲으로 숨는 귀여운 모습을 보는 것은 색다른 즐거움이었다. 둘째 주가 되자 몸 상태는 한결 좋아졌으며, 계단 오르는 게 가벼워졌을 만큼 활력이 점차 되살아났다.

온화한 10월의 어느 날 저녁 나는 농장 주인 노부부와 포도 넝쿨로 뒤덮인 테라스에 앉아 있었다. 농장 주인은 포도주를 내왔고 나는 이 섬의 유명한 음식점에서 방금 훈제한 뱀장어 요리를 포장해 가져왔다. 그 음식점은 헬무트 콜 전 독일 총리가 이 지역에 올 때면 항상 들르던 곳으로 이 집의 뱀장어 요리는 그가 매우 좋아하는 음식이었다.

날이 저물어 완전히 어두워지자 박쥐 두 마리가 붕붕 소리를 내며 주위를 날아다녔다. 머리 바로 위에서 날고 있는 박쥐를 보니 기분이 섬뜩했다. 혹시나 박쥐들이 머리카락을 움켜잡지는 않을까 두려웠다. 내 표정을 본 남편 농장주가 웃으며 말했다.

"두려워하지 마세요. 아무 일도 일어나지 않아요. 박쥐는 모기와 나방만을 쫓습니다. 이 박쥐들은 두 가지 색을 지닌 희귀종 박쥐로, 20년 넘게 우리 집 지붕 바로 아래 박사님이 묵고 있는 다락방 근처에서 살고 있어요. 자연보호 대상으로 박쥐 보호 협회에 등록되어 있고, 주기적으로 관찰하면서 변화나 특이 사항을 모두 기록합니다.

자세히 보면 두 가지 색을 발견할 수 있지요. 우리 부부는 박쥐들을 반려동물로 여기며 매일 기다리고, 그들이 나타나지 않으면 무슨 일이 있을까 걱정한답니다."

"그렇군요. 박쥐는 밤에만 날아다니니 낮에 집에 없을 일은 없겠네요"

부인은 미소를 지으며 내게 말했다.

"몇 해 전 농가 주택을 리모델링했는데, 공사 때문에 두 마리의 박쥐가 이 집을 떠나면 어쩌나 싶어 정말 걱정했어요. 그 때문에 박쥐들이 밖에 나가 있는 밤에만 공사를 했답니다. 야간 공사를 하려면 비용이 두 배 이상 많이 들기 때문에 큰아들이 반대했지만 우리는 끝까지 그렇게 했어요. 박쥐에 대한 모든 것을 알려주는 좋은 책이 있는데, 한번 읽어보시겠어요?"

나는 주인 내외가 준 책과 박쥐 보호 협회에서 배포한 기록물들을 읽으며 박쥐에 대해 진지하게 공부했다. 내가 박쥐에 이처럼 흥미를 갖게 된 것이 스스로도 무척 신기했다.

박쥐는 새처럼 날 수 있는 유일한 포유류다. 박쥐는 밤에 주로 활동하는데, 밤 사냥을 할 때는 눈보다 귀가 중요한 역할을 한다. 박쥐는 인간이 듣지 못하는 초음파를 보내고, 이 초음파가 방해물을 만나 되돌아오는 것을 감지해 앞에 무언가가 있는 것을 파악한다. 이 집의 박쥐 두 마리는 모두 암컷이었다. 수컷 박쥐들은 대부분 한 곳에 자리 잡고 살지 않는다.

어느새 나는 저녁마다 테라스에 앉아 지붕 밑 둥지를 떠나 사냥에 나선 박쥐들을 조마조마한 마음으로 기다리게 되었다. 그 모습을 본 안주인이 내게 이렇게 말했다.

"올해는 가을이 따뜻하기 때문에 박쥐들이 아직 동면에 들어가지 않았으니 박사님은 운이 좋은 겁니다. 조금 더 추워지면 박쥐들은 저 위 대들보 속으로 숨어 봄이 올 때까지 나타나지 않을 거예요."

어느덧 휴가 기간이 거의 끝나고, 집으로 돌아가기 전날 마지막 저녁이 되었다. 다음 날 오후에 약속이 있었기에, 새벽 5시경 출발할 계획이었다. 와인을 한 잔 마시고 기분이 좋아진 상태에서 행복하게 계단을 올라 다락방의 불을 켰다.

그 순간 깜짝 놀랐다. 전등 주위로 박쥐 한 마리가 푸드득거리며 날고 있는 것이 아닌가! 천장에 있는 작은 창을 닫아두는 것을 깜빡 잊었던 것이다. 박쥐가 벌레를 뒤쫓다가 공간에 갇혀 방향을 잃는 것은 종종 있는 일이었다. 그 때문에 주인장은 나에게 다락방 천창을 꼭 닫도록 여러 차례 주의를 주었는데 내가 그만 큰 실수를 범하고 만 것이다.

나는 박쥐가 밖으로 나가는 길을 찾기 바라며 불을 껐다. 실패였다! 다시 불을 켰을 때 박쥐는 또다시 방 안을 이리저리 날았고, 그러다 구석으로 날아가 그곳에서 멈추었다. 날개를 접고 앉아 있는 박쥐는 생각보다 훨씬 작았다. 겁에 질린 박쥐는 구석에 숨어 있었다. 다시 불을 끄고 창문을 열어주는 과정을 여러 차례 시도했지만 유감스럽게 모두 허사였다.

도움을 청하기 위해 급히 부부의 집으로 가 문을 두드렸으나 반응이 없었다. 이미 깊이 잠들어 있는 것 같았다. 절망적인 상태로 다시 다락방에 올라와보니 박쥐는 여전히 방 안에 있었다. 박쥐가 내 방에 있는 한, 한숨도 자지 못할 것이다. 그런 피곤한 상태로 집까지 장시간 운전을 해야 한다니! 처음에는 천장 구석에 있던 박쥐가 나중에는 불이 켜진 스탠드 램프 주위를 퍼덕거리며 날고 있었다.

어떻게 할지 고심하던 나는 이 박쥐를 잡아보기로 결정했다. 목욕용 수건을 박쥐 위에 덮어씌운 뒤 창문 밖으로 던지겠다는 계획이었다. 그러나 성과가 없었다! 계속해서 전등 주위를 날고 있는 박쥐를 도무지 잡을 수가 없었다. 나는 계속해서 실패를 거듭했다. 그때 침대보가 눈에 들어왔다. 커다란 침대보라면 작은 박쥐를 덮어서 잡을 수 있을 것 같았다. 과연 이 계획은 성공적이었다. 침대보를 끄집어낸 나는 이것을 던져 박쥐를 덮었고, 침대보와 함께 박쥐를 밖으로 던졌다. 그제야 박쥐는 밖으로 나갈 수 있었다. 시간은 이미 자정을 훨씬 넘겼고 마침내 나는 안정을 찾았다.

다음날 아침 나는 늦잠을 자고 말았다. 창을 통해 밖을 내다보니 주인 부부가 테라스에 앉아 아침 식사를 하고 있었다. 목욕 수건과 침대보가 그들 부부 머리 위의 포도 덩굴에 걸려 있었다. 주인장은 그것을 가리키며 소리쳤다.

"박사님, 어젯밤에 대체 무슨 소동을 벌인 거죠?"

나는 박쥐와 함께 야밤에 난리를 쳤던 일을 이야기했다.

"아! 그건 너무도 간단한 일입니다. 박쥐가 천장 구석에 매달려 있으면, 항아리를 가져다 박쥐 바로 밑에 대고 빗자루 손잡이로 박쥐를 가볍게 톡톡 건드려주면 돼요. 그러면 박쥐는 항아리 속으로 떨어지게 되고, 항아리를 들고 그대로 밖으로 내가면 되죠. 하하하."

부부는 폭소를 터뜨리며 즐거워했다. 확신하건대 온 마을 전체가 오래도록 내 얘기를 하며 즐거워했을 것이다.

오래된 목장에서 날아온 박쥐

사랑과 치유를 전하는
네 발의 천사, 파울

고난과 아픔을 넘어 평화로운 삶에 이른
라이너의 인생 이야기

"개들은 천국을 향한 우리의 연결 고리입니다.
그들은 사악함, 질투, 또는 불만을 모릅니다.
눈부시게 아름다운 오후, 산허리에
개와 함께 앉아 있는 것은
아무것도 하지 않아도 지루하지 않고
평화 그 자체인 에덴동산으로
돌아가는 것입니다."

밀란 쿤데라 Milan Kundera

매일 아침 정각 7시만 되면 골든리트리버 '파울'은 옷장 옆에 앉아 목줄을 물고 아침 산책을 기다린다. 파울은 보호자인 라이너와 함께 집 밖으로 산책을 나가 차들이 다니는 도로변을 얌전하게 걷다가 넓은 들판에 도착해 목줄을 풀어주면 빠르게 달려간다. 200m가량을 질주하고는 멈춰 서서 라이너를 보며 신이 나서 몇 차례 더 뛰어오른다. 그러고는 다시 라이너에게 달려와 몸을 기대며 고개를 들어 사랑스러운 눈길로 올려다본다.

라이너는 공황장애와 심근경색을 앓으며 위험한 고비를 여러 차례 넘겼다. 그 험난한 과정을 굳건히 이겨낸 그는 이제 파울을 진정한 삶의 동반자로 여기며 안정된 삶을 살고 있다. 파울은 뛰어난 지능과 따뜻한 우정을 지닌 아름답고 사랑스러운 친구였다. 파울은 관심의 초점을 항상 라이너에게 맞추고 있었고, 흔들림 없는 충성과 신뢰, 애정을 보여주었다. 그것은 사람들과의 관계에서는 거의 경험해보지 못한 순수한 사랑이었다. 라이너는 이 같은 사랑을 느끼며 과거의 상처를 치유하고 현재의 삶에 대한 의욕을 얻었다.

뮌헨 근처 파펜호펜이라는 도시 외곽에는 1950년대에 지은 소위 '마우마우 수용소'라 불리는 빈민 수용소가 있었다. 이곳에 수용된 사람들은 고향을 떠나 피난 온 실향민과 집 없는 빈민층 사람들이 대다수였다.

'마우마우'라는 명칭은 최빈곤층을 비하하며 주류 사회와 차별하는 비속어였다. 원래 이 단어는 영국의 식민지 지배에 저항하는 케냐 사람들을 가리키는 말이었다. 1952년에 일어난 '마우마우 항쟁'은 케냐 사람들의 자유와 독립을 위한 정당한 투쟁이었지만 당시 유럽인들은 이 독립운동가들을 자유의 투사가 아닌 반사회적 야만인으로 여겼다.

2016년 여름, 라이너는 사람들의 기억에서 거의 잊힌 마우마우 수용소를 둘러보았다. 임시 수용소의 마지막 거주자들은 몇 달 전 다른 곳으로 떠나버렸고, 이제는 흔적만이 남아 있었다. 낡은 건물 복도에는 실내화가 굴러다니고, 소파 위에는 망가진 인형이 놓여 있었다. 벽면의 회칠은 군데군데 떨어져버렸고, 창문 유리는 여기저기 깨져 있었으며, 썩은 곰팡이 냄새가 진동했다.

라이너의 부모는 동프로이센에서 피난 온 실향민으로, 아들들과 함께 마우마우 수용소에서 살았다. 이곳에는 하수도 시설이나 포장된 도로가 없었고 겨울철에는 수도관이 얼어 막혀버렸다. 가장들은 공장에서 일하며 부업으로 농사나 가축 기르는 일을 했다. 빈민촌 거주민들은 부지런했고, 사람들은 서로를 도우며 지냈다.

라이너의 가족은 비좁은 공간에서 살아야 했다. 라이너는 작은 방에서 그의 두 형제들과 함께 지냈다. 하지만 라이너는 열악한 주거 환경을 크게 괴로워하지 않았다. 이 수용소에서 지내는 다른 사람들도 모두 마찬가지 상황이었기에 그대로 받아들였다. 문제는 아버지였다. 아버지는 예전 고향에서 주변 사람들로부터 존경받는 좋은 직업을 가지고 있었다. 그런 그에게 이곳 마우마우 수용소의 생활과 공장 노동자로서의 삶은 견디기 힘든 굴욕이었다.

아버지는 술을 마시기 시작했고, 알코올은 그의 화를 더욱 부추겼다. 술에 취할 때마다 가족들을 강압적으로 대했고, 심지어 어머니를 구타하기도 했다. 아버지가 집에 들어오는 밤이 되면 라이너는 두려움에 떨었고, 그런 하루하루는 악몽과도 같았다. 당시를 회상하며 라이너는 이렇게 말했다.

"현관문 열리는 소리가 들리면 야생동물이 덮쳐오는 듯한 두려움이 엄습했습니다. 그리고 잠시 후 이어지는 어머니의 탄식과 흐느끼는 소리는 나의 마음속에 비수를 꽂았고요."

하지만 다른 형제들은 잠을 잘 잤다. 그들은 밤마다 일어나는 소동이 너무나 익숙했는지 잘 들리지도 않는 것 같았다. 라이너는 손톱을 물어뜯었고, 가끔씩 자기도 모르게 오줌을 싸서 옷을 적시기도 했다. 그때부터 라이너는 자신을 따뜻하게 보듬어주고 위로해주는 동반자 같은 반려견을 갖고 싶다는 생각을 했다.

라이너는 성실한 학생이었고, 초등학교 3학년 때는 학급 반장이 되었다. 헌신적인 교육자인 담임선생님은 착하고 똑똑한 이 어린 소년을 아낌없이 후원해주고 용기를 북돋아주었으며 책을 많이 읽도록 지도해주었다.

라이너가 4학년을 마칠 즈음 선생님은 라이너를 학급 최고 우등생으로 선정하고, 부모에게 반드시 김나지움(Gymnasium)━에 진학시킬 것을 권했다. 하지만 라이너의 아버지는 선생님의 권유에 별다른 답변 없이 차가운 반응을 보일 뿐이었다.

"도대체 말이 안 되는 얘기야. 김나지움은 무슨! 기술을 배워서 빨리 돈을 벌어야지!"

아버지는 라이너에게 헛된 생각을 하지 말라는 듯 강경하게 말

━ (역자 주) 과거 독일 동북부의 한 지방으로 1945년 소련이
점령하면서 이후 많은 주민이 탈출을 감행했다.
━ (역자 주) 초등학교 5학년부터 8~9년간 대학 수학 능력을
키우는 독일의 인문계 중·고등학교.

했다. 어머니가 아버지에게 한번 생각해보면 안 되겠느냐고 말해봤지만 허사였다. 아버지는 어머니에게 무섭게 소리를 질렀다.

"당신은 이 문제에 끼어들지 마!"

어머니는 아무 말도 하지 못했고, 그 후 체념한 듯 라이너의 진학 문제에 관여하지 않았다. 담임선생님은 아버지를 설득하기 위해 오랫동안 애를 썼지만 아버지의 결심을 바꿀 수는 없었다. 결국 라이너는 어쩔 수 없이 직업학교에 진학했다.

직업학교에서 기술을 배우던 라이너는 이곳이 자기가 있어야 할 자리가 아니라고 느꼈다. 기술 분야에 전혀 흥미를 가질 수 없었고, 학업 수준 역시 그에게 맞지 않게 너무 낮았기 때문이었다. 학교 생활이 불행하게 느껴진 것은 당연한 일이었다. 그 즈음 그의 어려움을 알게 된 라이너의 가까운 친척분이 전문대학 입학시험을 보라고 조언해주었다. 전문대학은 일을 하면서 공부를 할 수도 있다고 말해주었다.

라이너는 전문대학 입학시험을 단번에 합격했고, 이후 아르바이트를 하면서 경영학과를 우수한 성적으로 졸업했다. 하지만 대학 공부를 마친 후 공허함과 무기력함에 시달렸다. 일자리도 쉽게 찾지 못했다.

라이너의 마음은 늘 불안했다. 앞으로의 일들을 잘 해낼 수 있을지 걱정이 앞섰고, 걷잡을 수 없는 불길한 예감에 사로잡혔다. 이따금 팔다리에 가려움증과 마비 같은 증상이 생겨났고, 심지어 운전을 할 때도 경미한 장애가 나타났다. 이러한 증상이 점차 그의 두뇌 전체로 퍼져 나가는 듯한 느낌이 들었다.

진단 결과 라이너는 우울증을 앓고 있었다. 의사는 약물 처방과 함께 공감 대화를 통한 상담 치료를 진행했다. 몇 주간 성실하게 치료에 임하자 라이너의 '우울증 번개'는 씻은 듯이 사라졌다.

그 후 라이너는 대기업 음료 회사에 취직했고, 열정적으로 일하며 커다란 성과를 일궈냈다. 회사의 모든 사람이 그를 높이 평가했고, 업무 수행 능력을 인정받아 승진과 연봉 인상이라는 큰 보상을 받았다. 회사는 그에게 '두 번째 고향'이 되었다.

그러자 이번에는 가정 문제가 라이너를 괴롭혔다. 라이너의 아내는 결혼 생활에 만족하지 못했고, 옛 연인을 만나 외도를 했다. 결국 아내는 라이너에게 별거를 선언했고, 얼마 후 이혼을 요구해왔다.

그때부터 라이너의 꿈속에서는 어린 시절의 고통스러운 기억과 학교에서 당했던 조롱들이 재현되었다. 마우마우 수용소, 어머니의 울음, 아버지의 분노 발작 같은 장면이 밤마다 꿈에 나타나 그를 괴롭혔다.

몇 년 만에 그에게 공황 발작이 다시 찾아왔다. 몇 달 동안 정신과 치료를 받으면서 라이너는 일을 계속했다. 상담 의사와의 지속적인 대화가 라이너를 나락으로 떨어지지 않게 간신히 잡아주었다. 라이너는 공황 발작이 일어나도 주변 사람들이 눈치채지 못하게 하는 요령을 터득해 눈에 띄지 않게 일을 계속했다.

비가 억수같이 내리는 11월의 어느 추운 날 아침, 라이너는 독일 남부로 향했다. 지난 주에 회사 사장은 라이너에게 중요한 계약을 맡기며 그의 협상에 회사의 사활이 달려 있다고 거듭 당부했다. 사장의 당부는 격려가 아닌 일종의 압박이었다. 주말 내내 계약 준비를 해야 했던 라이너는 기력이 완전히 소진되었지만 회복할 겨를도 없이 고속도로 400킬로미터를 운전해야 했다.

거래처와의 계약은 너무나 힘들었다. 오래전부터 잘 알고 지냈던 예전 사장과의 계약은 늘 우호적으로 진행되었기에 수월하게 매듭지을 수 있었다. 하지만 부친의 회사를 물려받은 젊은 사장은 오만하기 그지없었고, 자기가 최고의 전문가인 양 과시하며 수용 불가능한 협상안을 제시했다. 그를 설득하기 위해 최선을 다했지만 그는 끝까지 막무가내였다. 라이너는 더 이상 참을 수 없는 지경에 이르렀다. 결국 라이너는 자리를 박차고 일어서며 최후의 통첩을 날렸다.

"이것이 우리 회사가 드릴 수 있는 마지막 제안입니다. 이것을 받아들여 계약을 성사시킬지 말지는 나중에 결정해서 알려주십시오. 저는 이만 가보도록 하겠습니다. 아버님께 안부 전해주시기 바랍니다. 안녕히 계세요."

그러자 젊은 사장은 당황하며 그를 붙잡으려 했다. 하지만 더 이상 양보할 생각이 없었던 라이너는 그대로 밖으로 나와버렸다. 차가 있는 곳으로 걸으며 그는 격렬한 심장박동을 느꼈다. 어떻게든 빨리 집에 돌아가 쉬고 싶은 마음뿐이었다. 라이너는 서둘러 차를 타고 그곳을 벗어났다. 그런데 얼마 못 가서 태어나 처음 느껴보는 가슴 통증이 그를 엄습해왔다. 운전대를 잡은 지 15분 만에 그는 가장 가까운 고속도로 휴게소에서 정차해야만 했다.

그 순간 엄청난 공포가 그를 덮쳤다. 마치 영화의 한 장면처럼 어릴 적 마우마우 수용소 시절의 악몽 속으로 빨려 들어가는 듯한 느낌이 들었다. 공황 발작이었다. 심장이 비틀리는 것 같은 느낌이 들면서 눈앞이 흐릿해지더니 세상이 온통 까만 구멍처럼 보였다. 천만다행으로 서서히 안정되었고 무사히 집으로 돌아올 수 있었다. 라이너는 곧바로 병원에 가 철저한 검사를 받았다.

검사 결과 심장에는 아무런 이상이 없다는 진단이 내려졌다. 라이너는 다시 출근길에 올랐다. 하지만 얼마 지나지 않아 또다시 공황 발작이 이어졌고, 그의 삶은 언제 나타날지 모르는 공포에 지배당하게 되었다. 라이너는 예전에 오랫동안 그를 돌봐주었던 은퇴한 의사를 만나 그의 상태에 대해 털어놓았다. 그 의사는 라이너에게 유명한 정신과 전문의 렝거 박사를 추천해주었다.

렝거 박사는 경험이 풍부한 내과의사 겸 정신과 전문의였다. 그의 상담실은 밝은 분위기였고, 책상 위에는 동물 모양의 작은 나무 조각들이 놓여 있어 편안한 느낌을 주었다. 렝거 박사는 라이너의 이야기를 진지하게 들어주었고 가끔씩 마음에 와 닿는 질문을 하기도 했다. 그러고는 "염려하지 마세요. 분명 나아질 수 있습니다. 단지 시간이 좀 필요할 뿐이에요"라면서 입원 치료를 권했다.

병원에 입원하자 그룹 치료, 정기적인 개별 면담, 운동 프로그램 등이 이어졌다. 그렇게 2주일 정도 지났을 무렵 라이너는 한밤중에 땀에 흠뻑 젖은 채 깨어났다. 또다시 악몽을 꾼 것이다. 심장박동이 빨라지면서 전에 없던 새로운 공황 발작이 일어났다. 라이너는 간호사가 건네준 진정제를 먹고 간신히 안정을 되찾을 수 있었다. 다음 날 아침, 라이너는 간밤에 있었던 끔찍한 일에 대해 의사에게 얘기했다.

"강한 도피 충동이 느껴졌어요. 오직 멀리 달아나고 싶다는 생각밖에 들지 않았습니다."

렝거 박사는 라이너의 침대 옆에 앉아 그의 손을 꼭 잡고 쓰다듬어주었다. 따스한 위로의 손길이 전해지자 라이너의 눈에서 하염없이 눈물이 흘렀다. 그의 아버지는 단 한 번도 이처럼 따뜻하게 대해

준 적이 없었다. 어린 시절 그토록 갈망했으나 끝내 부모의 관심과 애정을 받지 못했던 서러움이 복받쳤고, 그 억울린 감정과 상처를 렝거 박사 앞에서 모두 쏟아냈다.

3개월 후 라이너는 퇴원했고, 회사에 복귀한 그를 사장과 동료들은 기쁘게 맞아주었다. 그는 예전의 건강과 활기를 되찾은 듯 보였다. 일하는 분위기는 우호적이었고, 라이너는 주어진 과제들을 잘 해결해나갔다. 하지만 그러면 그럴수록 회사에서 라이너가 처리해야 할 업무량은 점점 더 많아졌다.

그러던 어느 날 아침, 조깅을 하던 라이너는 갑자기 정신을 잃고 말았다. 심근경색이 일어난 것이었다. 곧바로 병원으로 후송된 그는 심장 카테터를 삽입해 심장과 혈관 상태를 확인한 다음 두 개의 스텐트를 끼워 넣는 시술을 받았다. 하지만 시술 후에도 그의 상태는 여전히 위태로웠다. 심낭 출혈과 혈액순환 장애가 이어지며 위중한 상황이 며칠 동안 계속되었다. 훗날 당시의 경험을 회상하며 라이너는 이렇게 말했다.

"가슴에서 심장이 뽑히는 것 같은 고통이 느껴지면서 의식을 잃었습니다. 마치 꿈을 꾸듯이 어둠 속에서 둥둥 떠다녔는데, 두려움은 전혀 느껴지지 않았죠. 보라색 커튼이 열리며 숲속 공터가 나타났고, 멀리 하늘 끝까지 이르는 빛이 보였습니다. 그때 누군가가 다정하게 웃으면서 말을 걸어오더군요. 그러자 숲속 공터를 가득 채우던 빛이 서서히 사라졌지요. 그리고 오랜 시간이 지난 후 나는 중환자실에서 깨어났습니다."

모든 고비를 넘기고 안정된 상태에 이르자 심장외과 전문의는 단호한 목소리로 경고했다.

"만약 앞으로 이런 일이 또다시 일어난다면 선생님은 견뎌내지 못할 가능성이 높습니다. 다시는 깨어나지 못할 수도 있다는 것을 명심하세요."

"그러면 어떻게 해야 하나요?"

"우선 일을 그만해야 합니다."

라이너는 회사 사장과 면담하며 자신의 병과 공황 증상에 대해 솔직하게 털어놓았다. 이해심 깊은 사장은 지난 28년 동안 라이너가 보여준 훌륭한 실적에 감사하며 조기 은퇴를 제안했다. 회사의 배려로 라이너는 연금 액수에 불이익 없이 50대 중반에 직장 생활을 마무리할 수 있었다.

조기 은퇴와 넉넉한 퇴직금 덕분에 라이너는 시간적, 정신적으로 여유로운 삶을 살 수 있게 되었다. 그리고 반려견을 갖고 싶었던 어린 시절의 꿈도 이룰 수 있게 되었다. 그는 적합한 강아지를 찾기 위해 동물 사육사를 만나 상담을 했는데, 사육사는 지나치다 싶을 만큼 많은 질문하며 그의 생활 환경과 건강 상태 등을 세세하게 파악했다.

"왜 이렇게 많은 것을 알려드려야 하는 거죠?"

"내 강아지들을 다른 사람에게 보낼 때는 항상 이렇게 합니다. 강아지가 좋은 사람을 만나는지 확신할 수 있을 때만 입양을 보내니 이해해주세요."

사육사는 미소를 지으며 설명해주었다. 자신이 돌보는 강아지에 대한 깊은 애정을 느낄 수 있어서 라이너는 안심이 되었다.

골든리트리버인 파울은 라이너의 가장 친한 친구이자 가족으로서 함께 살게 되었다. 라이너는 더 이상 외롭지 않았다. 둘은 매일 장

시간 산책을 즐겼는데, 이는 라이너의 건강을 크게 향상시켰다. 심장은 안정되게 뛰고 있으며 최근 몇 년간 공황 발작이 한 번도 일어나지 않았다.

파울을 입양해 2년이 지났을 때 라이너는 조련사에게 반려견 훈련시키는 방법을 배웠다. 파울은 애정이 넘치는 사랑스러운 강아지이긴 했지만 때때로 라이너의 말을 듣지 않고 고집을 피우곤 했기 때문이었다. 라이너는 열심히 훈련을 시켰지만 파울은 여전히 명령을 잘 따르지 않을 때가 많았다. 라이너는 새로운 방법을 시도해보기로 했다. 치매 환자 돌보미견이 되어 방문 봉사 활동을 하는 일에 도전해보기로 한 것이다.

우선 파울은 사회성 능력을 평가하는 적성 테스트를 했는데, 이는 수월하게 합격할 수 있었다. 다음으로는 보호자와 함께 교육을 받는 과정을 수료해야 했다. 보호자에 대한 교육은 반려견에게 필요한 교육과 마찬가지로 매우 중요했다. 치매에 대한 지식, 반려견과 치매 환자의 상호 교감에 관한 지식 등을 배웠다. 파울은 오랜 기간 반복적인 훈련을 했고 점차 순종하는 법을 배워나갔다. 라이너와 파울은 2년간의 힘든 교육을 성실하게 마쳤다. 그리고 마침내 노인 요양원을 정기적으로 방문하는 단계에 이르렀다.

파울과 한 팀이 되어 정기적으로 요양원을 방문하는 일은 라이너에게 소중한 삶의 일부분이 되었다. 새로운 사람들을 만나 그들의 다양한 삶을 알게 되는 경험은 언제나 특별했다. 과거의 행복을 애기하며 즐겁게 웃는 노인들의 웃음 뒤에는 그들의 주름살만큼이나 깊은 고난과 고독이 담겨 있었다. 그들과 공감하며 서로 위로하는 일이 라이너에게는 커다란 치유가 되었다.

파울은 노인들에게 호의적으로 편하게 다가가 그들에게 기쁨을 선사했다. 앞발을 노인들의 손 위에 올리거나 온몸으로 그들과 접촉하며 즐거워하는 파울의 모습은 노인들을 미소 짓게 했다. 몇 달씩 말없이 지내던 노인들도 "이리 와 파울, 내가 쓰다듬어 줄게!"라며 말문을 터뜨렸다. 이 짧은 한마디가 그들에게는 얼마나 큰 생기(生氣)이며 즐거움이고 행복인지, 그들의 눈빛에서 알 수 있었다.

치매 환자에게 반려견은 가장 적합한 매개체다.
개는 인간 친화적이기 때문에 사람들을 스스럼없이 대하며,
치매 환자에게 활력을 주기도 하고 그들을 진정시키기도 한다.
개들은 누구라도 선입견 없이 만나고 사람의 언어와 몸짓에
즉각적으로 반응한다. 요양원 방문 봉사를 하기 위한 반려견은
사람들에 대한 적응력과 다양한 활동 능력을 지니고 있어야 한다.
무언가를 찾아내는 능력, 사냥 능력, 던진 물건을 회수하는 능력,
참을성 있게 기다리는 능력, 산책하는 능력 등은 기본이다.
노인들의 요구 사항과 개의 능력을 감안해 방문 일정은
정기적으로 조절하는 것이 바람직하다.

역자의 변

세상의 많은 일은 우연에서 시작됩니다. 저에게는 30년 넘게 가깝게 지내는 독일인 변호사가 있습니다. 그는 우리나라에서 40년째 살고 있는데, 저와는 동료 변호사이자 친구로서 종종 식사를 함께 합니다. 어느 날 식사 도중 그는 독일의 지인이 쓴 책을 소개했습니다. '사람을 도운 동물들'의 이야기로 심각하지 않은 '재미있는 책'이라 하여 구해서 읽게 되었습니다.

책을 읽으며 재미를 넘어 감동까지 느끼게 되면서 이 책을 우리말로 옮겨, 여러 사람들과 그 기쁨을 함께 나눠보자는 생각에 이르렀습니다. 즐기면서 하는 번역이라 힘든 줄도 모르고 단기간에 작업이 마무리되었습니다.

여러분과 마찬가지로, 제 주변에도 갖가지 동물들, 특히 개나 고양이와 사랑에 빠져 지내는 분들이 상당히 많습니다. 우선 그분들에게 이 책을 읽어보게 하고 싶었습니다.

독일어 원어민만이 이해할 수 있는 부분들은, 책을 소개한 독일인 변호사 포겔(Vogel) 씨와 긴 대화를 통해 해결했습니다. 번역가가 피할 수 없는 짐은, 원문에 충실한 '정확성'이냐, 읽기에 편한 '가독성'이냐 하는 것입니다. 저는 정확성에 중점을 두었습니다. 우리말로는 어색하더라도, 독일어 문장의 긴장된 어감을 그대로 전달하고 싶었기 때문입니다.

이 책의 저자인 뫼비우스(Möbius) 씨는 포겔 변호사와 오랜 친구로 의사이자 교수입니다. 독일의 전 수상인 헬무트 콜과는 절친으로 오랫동안 그의 건강 자문을 해왔다고 합니다. 공동 저자인 베란(Beran) 씨는 전직 교사로 그의 여동생입니다. 뫼비우스 씨는 부인이 한국인이어서 한국에 관심이 많습니다. 이 책에 실린 20가지 이야기 중 하나는 한국에서 있었던 일입니다.

번역을 마무리하면서 책 속의 이야기들과 맞아떨어지는, 제 가족들과 관련된 이야기가 머릿속을 맴돌고 있었습니다. 10여 넌 전 애지중지 기르던 강아지(이름이 '초롱이'였습니다)가 사람의 나이로 100세 가까이 되어 세상을 떠났을 때의 일입니다. 초롱이를 양지바른 '특별한 곳'에 묻어주는 과정에서, 놀라운 기적을 저희 가족에게 선물해주었습니다. 그 이야기를 이 책의 한 꼭지로 추가해 적어보았습니다.

반려견이나 반려묘 또는 다른 반려동물들과 삶의 즐거움을 함께 나누고 계신 분이라면, 틀림없이 한 가지 이상의 감동적인 일들이 있었으리라 믿습니다. 각자의 애잔한 추억을 부록으로 추가하시면 좋겠습니다.

이 책을 우리나라의 독자들에게 소개할 수 있게 된 데에는, 저의 오랜 친구 포겔 변호사와 그와 함께 일하는 양희조 님의 도움이 큰 역할을 했습니다. 그분들께 감사드립니다.

"우연이 우리의 삶에 깊이 개입하고 있는 한,
우리는 지루할 틈이 없다."

양삼승

초롱이와 며느리

초롱이가 떠나며 맺어준 인연

나는 직업이 판사였다. 판사로서 일한 25년 동안 가족들과 떨어져 생활한 적이 없었다. 예외적으로 1990년대 후반 지방으로 발령받아 근무하게 되면서 가족들과 떨어져 혼자 현지에서 근무하고, 주말에 서울을 오가는 생활을 2년 동안 했었다.

당시 큰아들은 스물네 살, 작은아들은 스물두 살로 집은 거의 잠시 머물러 잠만 자고 나가는 장소였다. 결과적으로, 나의 아내는 혼자 가사를 처리하고 대화 상대도 없이 외롭게 지내는 처지가 되었다. 일주일에 서너 차례 들러 집안일을 도와주는 가사 도우미 아주머니가 유일한 말동무였다.

아주머니의 눈에는 아내가 너무 외롭고, 마음 붙일 곳이 없는 안쓰러운 부인으로 여겨졌던 것 같다. 아주머니가 어느 날 아침 우리 집으로 오는 길에 갓 태어난 강아지들을 바구니에 담아 팔고 있는 행상을 보았고, 생후 한 달이 안 된 강아지를 5000원에 구입해 아내에게 선물했다.

그럴듯한 족보가 있는 '품종견'이 아닌, 잡종 개(소위 '믹스견')였지만, 전혀 문제되지 않았다. 아내는 감사해하며 귀여운 강아지를 애지중지 키웠다. 눈동자를 보니 유독 초롱초롱 빛나고 있는 것이 인상적이어서 이름을 '초롱이'로 지었다. 초롱이는 완전히 성장한 키

가 30cm 정도에 몸무게는 6kg이 나가는 옅은 갈색 털의 소형견이
었다.

　지방에서의 2년 근무를 마치고 서울로 복귀하고 보니 이제 2년
이 지나 초롱이의 나이도 사람의 나이로 치면 24세가 되어(한국 동
물병원협회 KAHA의 개·사람 나이 비교표에 의하면, 체중 10kg 이하 소
형견의 경우 처음 2년이 지나면 사람 나이로 24세이고, 이후 1년마다 다
섯 살씩 더해진다고 한다) 성인이 된 셈이었다. 초롱이는 총명하고 사
람들에게 엄청 친화적이었다. 대소변을 가리는 것은 이미 일찍부터
시작했고, 우리 가족들 모두에게 극진한 사랑을 받았다.

　내가 퇴근해 현관문을 열고 들어서면 초롱이는 기뻐서 날뛰다
가 벌렁 바닥에 드러누워 배를 온통 드러내고 쓰다듬어주기를 바랐
다. 동물들이 바닥에 누워 배를 드러내는 동작은, 자신의 가장 약한
부분을 상대에게 보임으로써, 절대적인 복종과 신뢰를 표현하는 행
위라고 알려져 있다.

　우리 가족과 초롱이와의 행복한 관계는 10년이 훨씬 넘게 계속
되었다. 나의 아버지가 노환으로 돌아가실 때까지, 초롱이는 나와
함께 아버지의 집을 방문해 아버지를 즐겁게 해주기도 했다. 아버지
가 돌아가신 후 서울에서 50킬로미터가량 떨어진 곳에 산소를 만들
어 그곳에 아버지를 모셨다. 가끔 아버지 생각이 나면, 차에 초롱이
를 태우고 아버지의 산소로 가서 몇 시간씩 머물다 오곤 했다. 내가
잡초를 뽑고 산소를 돌보는 사이 초롱이는 산소 주변을 마음껏 돌아
다니며 풀과 나무 냄새를 즐겼다. 물론 목줄 같은 것을 매어주지도
않았다.

　2011년 1월의 어느 날, 나는 예전에 해왔던 대로 초롱이를 차에

태우고 아버지의 산소에 찾아갔다. 내가 산소 주변을 정리하고 있는 동안 초롱이는 마음대로 뛰어놀고 있었다. 그리고 오후 늦게 집으로 돌아가려고 초롱이를 찾았는데 보이지 않았다. 이상했다. 평소 같으면 내가 이름을 부르면 바로 듣고 쫓아왔을 텐데, 아무리 부르고 찾아다녀도 대답이 없었다. 날은 점점 저물어 주변이 전혀 보이지 않는데 난감하게 되었다. 어둠 속에 초롱이를 크게 부르며 이곳저곳을 샅샅이 찾으며 돌아다녔으나 역시 찾을 길이 없었다.

저녁 10시쯤이 되어 하는 수 없이 홀로 집으로 돌아왔는데 걱정이 태산이었다. 소식을 들은 가족들 모두가 깜짝 놀라며 걱정이 되어 안절부절못했다. 결혼 전 함께 살고 있던 둘째 아들 동훈이는 즉시 아내와 함께 차를 운전해 초롱이를 찾겠다고 아버지의 산소로 갔다. 자정이 가까운 시간인 데다 산소 주변에는 가로등 같은 것도 없으니, 칠흑 같은 어둠 속에서 할 수 있는 일이 없어 그대로 돌아왔다. 하지만 이대로 포기할 수는 없었다. 다음 날 아침 일찍 동이 트자마자 동훈이는 혼자서 차를 몰고 아버지의 산소로 갔다. 산소에 도착해 두세 시간 동안, 인근 마을까지 모두 뒤졌으나 끝내 초롱이를 찾지 못했다.

실망한 동훈이는 주유소에 들러 기름을 넣으면서 아내에게 전화해 상황을 얘기하고, 서울에서 다른 약속이 있어 서울로 돌아가겠다고 했다. 아내도 절망하여 그만 포기하려다 불현듯 생각이 떠올랐다. 산소에서 약간 떨어진 곳에 작은 개울이 하나 흐르고 있었는데, 초롱이가 혹시 목이 말라 그곳에 물 마시러 갔을지 모르니, 마지막으로 그 물가를 한 번 확인한 후에 돌아오라고 제안했다. 동훈이는 어차피 마지막이라고 생각하고 그 개울을 찾아갔다.

'기적'이 그곳에 있었다. 초롱이가 그곳에서 물을 마시고 있었던 것이었다. 동훈이는 기뻐서 눈물을 머금으며, 초롱이를 껴안았다. 그리고 집으로 데리고 왔다. 이틀 동안 초롱이는 꼼짝 않고 잠만 잤다. 1월 한겨울의 날씨에 밤새도록 바깥 추위 속에서 나를 찾아 헤매었을 테니 얼마나 겁나고 힘들었을까?

돌이켜 생각해보니, 이 일이 있었던 당시 초롱이의 나이는 이미 16세, 사람 나이로 94세이니, 시각은 희미하게 남아 있었을지 모르지만 청각은 거의 상실되었을 것이다. 얼마 후 동훈이와 함께 아버지 산소에 가는 기회에, 초롱이를 발견했던 물가를 다시 찾아가보려고 했지만 도무지 찾을 수가 없었다.

다시 초롱이와의 행복한 시간이 1년 남짓 계속되었지만, 2012년 이제 초롱이는 사람의 나이로 99세가 되었다. 그리고 따뜻한 봄날 초롱이는 하늘나라로 갔다. 우리는 이제 초롱이를 어떻게 할까 상의하다가, 초롱이가 좋아했던 아버지의 산소 옆에 묻어주기로 했다.

아내와 둘째 아들 동훈이는 초롱이의 주검과 간단한 흙 파는 도구를 챙겨 아버지의 산소로 갔다. 양지바른 한 구석에 조그만 구덩이를 파고 정성스럽게 초롱이를 묻어준 다음 간단한 표식도 만들어 주었다. 아내와 동훈이 두 사람은 작업을 마치고, 잠시 무덤 옆에 앉아 휴식을 취했다.

서로 한동안 말없이 앉아 있다가 동훈이가 아내에게 질문을 던졌다. "어머니, 얼마 전에 어머니와 같은 교회에 다니시는 분이 주변에 참한 아가씨가 있다고 한 번 만나보겠느냐고 이야기하셨는데, 그 아가씨가 이미 결혼했을까요?" 초롱이를 묻어준 날 왜 갑자기 그 아가씨 생각이 떠올랐던 것일까? 어쩌면 초롱이가 아들의 마음을 옮직이게 한 것은 아니었을까?

아내는 당연히 아가씨의 소식을 알 리가 없었다. "그래, 그랬었지. 당장은 모르겠는데, 내가 전화해서 금방 알아볼 수는 있지."

아내는 그 자리에서 친구분에게 전화해 물어보았고 아직 결혼하지 않았다는 이야기를 들었다. 다음 일은 순조롭게 진행되었다. 동훈이와 그 아가씨는 서로 연락해 만날 시간과 장소를 정했다. 만나는 그 순간 둘은 서로에게 빠졌다. 첫눈에 반한다는 말이 바로 그런 뜻이었다. 이후의 일은 일사천리로 진행되었다.

2013년 초에 바로 결혼식 날짜가 잡히고, 행복한 신혼살림이 시작되었다. 이듬해인 2014년 1월에는 우리 가족 6명(우리 부부와 두 아들의 부부까지)이 함께 스위스로 스키 여행을 떠났다. 그 다음 해인 2015년에는 나의 첫 번째 손자인 현민이가 태어났다. 돌이켜보니, 우리 가족의 이와 같은 행복은 모두 초롱이가 가져다준 선물임이 틀림없었다. 초롱이는 하늘나라에서 이러한 우리 가족의 모습을 기쁜 마음으로 바라보고 있을 것이다.

나보다 널 더 사랑해

사람을 치유하는 반려동물 이야기

2024년 6월 17일 초판 발생

지은이	발터 뫼비우스, 아름가르트 베란
옮긴이	양삼승
발행인	박상근(至泓)
편집인	류지호
출판기획	플레져미디어
편집	전남희
디자인	김승은
마케팅부	김대현, 김선주, 이선호
관리	윤정안
콘텐츠국	유권준, 정승채, 김희준
펴낸곳	불광출판사
	(03169) 서울시 종로구 사직로10길 17 인왕빌딩 301호
출판등록번호	제300-2009-130호(1979. 10. 10)
대표전화	02-420-3200
편집부	02-420-3300
팩스	02-420-3400

ISBN 979-11-7261-007-4 (43850)